12.06.2005 -

W0065944

Aus Freude am Lesen

btb

Buch

Wie kaum ein anderer Autor versteht es Barry Lopez, dem
Wunsch der Menschen nach einem Leben im Einklang mit
der Natur, der Sehnsucht nach innerem Frieden Ausdruck
zu verleihen. In seinen Geschichten führt er uns an Orte von
magischer Schönheit und geheimnisvollem Zauber: in die
Wüste – wo keine sichtbare Grenze das Land vom Himmel
trennt. Zu Höhlen, in denen vor undenklichen Zeiten Menschen gewohnt haben müssen. Ein Land von atemberau-
bender Einsamkeit. Der Wind, Raben, Klapperschlangen,
Coyoten – sie bewohnen diese Weite, von der eine rätsel-
hafte Faszination ausgeht.
Ein Gebirgsfluß ist ein magischer Ort anderer Art. Vom
Quellgebiet, wo seine Ufer wortlos zutage treten, stürzt
er Meile um Meile hinab zum Meer, bis die Ufer am Strand
verschwinden und der Fluß sein Ziel erreicht. Himmelspie-
gelnde Buchten, in denen der Lachs steht, täuschen Sanft-
heit vor, der reglose stehende Reiher Gelassenheit. Doch
der Fluß ist gewalttätig, der Reiher lauert angespannt auf
Beute.
Barry Lopez, Naturwissenschaftler und Autor, verfügt über
den wachen Blick des Forschers und die bildhafte Sprache
des Dichters. Er läßt uns teilhaben an der Begegnung
des Menschen mit der Natur, mit Orten von eindringlicher
Schönheit und magischer Präsenz. Seine Geschichten,
in denen Sprache und Landschaft in einzigartiger Weise
miteinander verschmelzen, sind von lyrischer Qualität.

Autor

Barry Lopez, geboren 1945 in Port Chester, wuchs in der
Nähe von Los Angeles auf und studierte in New York.
Über seine unzähligen Reisen an den Nord- und Südpol,
nach Afrika, Asien und Australien veröffentlichte er mehrere
überaus erfolgreiche Bücher. Er ist Mitherausgeber der Zeit-
schriften North American Review und Harper's sowie Autor
mehrerer Sammlungen von Kurzgeschichten. Barry Lopez
lebt mit seiner Frau in Oregon.

Barry Lopez bei btb

Arktische Träume (72642)
Winterchronik. Wanderwege (72688)

Barry Lopez

In der Wüste
Am Fluß

Aus dem Amerikanischen von
Hans-Ulrich Möhring unter Mithilfe
von Karen Nölle-Fischer

btb

Die Originalausgabe erschien 1990 unter dem Titel:
»Desert Notes. River Notes« bei Avon Books, New York

btb Taschenbücher erscheinen im Goldmann Verlag,
einem Unternehmen der Verlagsgruppe Random House GmbH.

1. Auflage
Genehmigte Taschenbuchausgabe September 2002
Copyright © 1976, 1979 by Barry Hulston Lopez
Copyright © der deutschsprachigen Ausgabe 1995
by J.G. Cotta'sche Buchhandlung Nachfolger GmbH,
gegr. 1695, Stuttgart
Umschlaggestaltung: Design Team München
Umschlagfoto: All Over/Weber
Satz: Uhl + Massopust, Aalen
KR · Herstellung: Augustin Wiesbeck
Made in Germany
ISBN 3-442-72744-8
www.btb-verlag.de

Inhalt

In der Wüste
Reflexionen im Auge des Raben

Einführung 11
In der Wüste 14
Die heiße Quelle 18
Der Rabe 22
Schattenstunde 27
Im Umkreis 35
Das Volk der blauen Hügel 40
Gespräch 47
Die Schule 49
Der Wind 54
Der Coyote und die Klapperschlange 58
Wegbeschreibung 65

Am Fluß
Der Tanz der Reiher

Einführung 71
Die Suche nach dem Reiher 77
Der Holzstau 85
Die Biegung 97

Der Wasserfall 102
Das Flachwasser 109
Die Stromschnellen 115
Der Lachs 120
Hanners Geschichte 128
Morgengrauen 137
Am Oberlauf 143
Die Dürre 148

In der Wüste

Reflexionen im Auge des Raben

*W*enn ich mir Bilder aus der Vergangenheit zurückrufe, sind es häufig die Ebenen Patagoniens, die mir vor Augen treten; doch diese Ebenen werden von jedermann für trostlos und nutzlos erklärt.

Sie lassen sich nur negativ beschreiben; ohne Ansiedlungen, ohne Wasser, ohne Bäume, ohne Berge bieten sie nur einigen wenigen zwergwüchsigen Pflanzen einen Lebensgrund. Warum, und ich bin da keineswegs ein Einzelfall, warum haben diese ariden Wüsten sich dann derart hartnäckig in meiner Erinnerung festgesetzt? Warum haben die noch ebeneren, die grüneren und fruchtbareren Pampas, die sich vom Menschen nutzen lassen, nicht einen gleich starken Eindruck hinterlassen?

Ich kann diese Gefühle nicht recht analysieren: doch es muß zum Teil von der Freiheit kommen, die sich der Phantasie hier bietet.

Die Ebenen Patagoniens sind grenzenlos, denn sie sind kaum zu durchqueren und daher unbekannt: ihnen haftet der Anschein an, schon seit ewigen Zeiten so zu sein, wie sie jetzt sind, und ihrem Fortbestand in der Zukunft scheint keine Grenze gesetzt zu sein. Wenn man sich vorstellte, die flache Erde wäre, wie die Alten meinten, von einem undurchquerbaren Wassergürtel oder von unerträglich heißen Wüsten umschlossen, wer würde da diese letzten Grenzbereiche menschlicher Erkenntnis nicht mit tiefen, doch schwer bestimmbaren Empfindungen betrachten?

Charles Darwin: *Die Fahrt mit der Beagle, 1836*

für Mary und Adrian

Einführung

Als typisches Merkmal sehen wir bei den Wüsten-
vätern, daß sie einen klaren Bruch mit dem herge-
brachten, allgemein anerkannten gesellschaftlichen
Zusammenhang vollzogen, um sich, hinaus in
eine scheinbar irrationale Leere, das eigene Leben
zu erschwimmen.

Thomas Merton

Das Land gibt nicht leicht statt. Die Wüste ist wie ein
Fels: warten, sagst du dir. Es wird Nacht werden, sagst du
dir. Tag. Winter irgendwann. Aber du sagst dir auch, eines
Tages wird sie aufbrechen, und du kannst ihre Stücke
untersuchen.

Das geschieht nicht, und du wirst es leid. Ihre Geheimnisse machen dir keine Angst mehr, ihre Stille schüchtert
dich nicht mehr ein. Verärgert, ein wenig gekränkt wendest
du dich ab. Du wirst jedem die Geschichte erzählen: so viel
Zeit, für nichts. Beim Erzählen ahnst du einen anderen Zu-
gang; du kehrst umgehend in die Wüste zurück. Die Öffnung geht zu, wie der Blick durch einen Lattenzaun.

So kannst du es nicht angehen. Du mußt kommen, ohne
etwas herausfinden zu wollen. Du mußt die Sachen wie
nebenbei aufschnappen, so als ob du in ein kleines, gott-

11

verlassenes Nest gekommen wärst und vor einem offenen Fenster stehenbliebst.

Vom Riesenkaktus, vom Kerzenstrauch kannst du nichts erfahren. Sie sind hier nur auf Durchreise; ihre Wurzeln, ihre vielbeschriene Ruhepause während der Trockenzeit sind nur Vorspiegelungen von Beständigkeit. Sie wissen noch weniger als du.

Du mußt es fast zufällig geschehen lassen. Auf die Art erfuhr ich etwas über ein Kraftfahrzeug.

Ich fuhr durch die Wüste. Wie von selbst. Windflattern am Fenster. Es gab keine Straße, nur die Salzebene. Ich brauchte nicht zu lenken; ich ließ das Lenkrad los. Ich brauchte nicht sitzenzubleiben, wo ich saß; ich rutschte auf den Sitz daneben. Ich blickte auf den leeren Fahrersitz. Ich sah den Speckglanz, wo ich jahrelang gesessen hatte. Wir fuhren weiter über die Wüste.

Ich kletterte nach hinten – es war ein Bus mit Fenstern ringsum – und setzte mich an die Hecktür. Ich hörte das Brechen von Erde unter den Rädern. Ich machte die Tür weit auf und lehnte mich hinaus. Ich sah die weiße Salzkruste der Wüste langsam unter der Türleiste hervorkommen, als ob der Bus im Raum fest wäre und die Erde sich unter uns drehte.

Ich machte alle Türen auf. Der Wind blies durch.

Ich stieg aus; lief fort. Als ich stehenblieb und mich umdrehte, rollte der Wagen Richtung Osten. Ich lief zurück und sprang hinein. Zur Fahrertür hinaus; zum Heck hinein. Ich stieg wieder aus, diesmal mit meinem Fahrrad, und radelte energisch nach Norden, bis der Wagen nur noch ein hinter mir am Horizont dahingleitender Punkt war. Ich zog einen weiten Bogen und kreuzte langsam vor ihm seine Bahn. Ich konnte die Erde unter dem Malmen meiner Gummireifen knirschen und meine Kettenschaltung knacken hören. Ich legte das Fahrrad hin und trabte

12

neben dem Wagen her, tappende Turnschuhe neben dem Zischen des rollenden Reifens. Ich schaltete durch die offene Tür in den Leerlauf und stellte den Motor ab. Ich setzte mich hinein, bis der Wagen zum Stillstand kam. Ich ging das Fahrrad holen.

Bis dahin hatte ich nicht gewußt, wie leicht sich das Richtungs- und Fortbewegungsstreben des Fahrzeugs außer Kraft setzen ließ, samt den dazugehörigen Systemen von Straßen, Straßenschildern und Ampeln. Durch einige Lossagungen in dieser Art gelangt man in die Wüste.

Die erste Zeit in der Wüste war ich erst einmal von der Weite gefesselt, vor allem davon, was in einer Schicht knapp über dem Wüstenboden hing. Je länger ich sie betrachtete, um so klarer wurde es, daß ihr Ausmaß Grenzen hatte, daß sie, ähnlich der Luft um einen Stein, ein eigenes Wesen hatte. Ich vermutete, daß alles, weswegen ich hierhergekommen war, sich in dieser Schicht aus Weite verbarg.

Ich entwickelte Methoden, ihr nachzustellen, obwohl ich scheinbar überhaupt nichts tat. Ich schien völlig gleichgültig. Ich schien an meinen Händen zu riechen, die mit Steinen gefüllt waren. Ich schien zu schlafen. Aber das stimmte nicht. Selbst bei der Erkundung eines verlassenen Hauses in einiger Entfernung von der Wüste spähte ich noch in ihre Richtung, blieb gespannt. Ich schaffte es beinahe. Gegen Ende meiner Erkundungen bewegte ich mich mit vollendeter Leichtigkeit. Aber ich konnte das Warten nicht verhehlen.

Als ich eines Morgens dastand und zusah, wie die Sonne aufging und das Blauschwarz auszehrte, zusah, wie die weißen kristallenen Sterne verblaßten, während meine nackten Beine an der kühlen Luft zitterten, merkte ich, daß meine Hände angefangen hatten, rissig zu werden und zu Staub zu zerfallen.

In der Wüste

Ich weiß, du bist müde. Ich bin auch müde. Gehst du mit mir ein Stück am Rand der Wüste lang? Ich möchte dir zeigen, was vor uns liegt.

Mein Lebtag wollte ich einem Felsen Blut abpressen. Ich habe davon geträumt, den Teufel zu holen und ihn entzweizuhauen. Ich habe mir auch vorgestellt, niemals vor irgend etwas Angst zu haben. Jetzt kommst du und willst das alles tun.

Ich weiß, was die Leute dir von der Wüste erzählen, aber du darfst ihnen nicht glauben. Dies ist kein Totenbett. Grab nach, die Erde ist feucht. Felsen sind hier zu Staub zerfallen, der Staub fühlt sich an wie Graphit. Du kannst jemanden auf eine Entfernung von zwanzig Metern atmen hören. Du kannst weit bis zum Rand schauen, wo die Wüste aufhört und die Berge anfangen. Du denkst, es sind vielleicht zehn Meilen. Es sind über hundert. Kurz bevor die Sonne untergeht, verändern sich alle Farben. Grün wird zu Blau, Rot zu Gold.

Ich habe mir sagen lassen, daß uns sehr wenig Zeit bleibt, daß wir das alles hier klarkriegen müssen, das mit Zeit und Ort. Wenn nicht, sind wir einfach dahingegangen und haben nichts verändert. Deshalb sind wir doch hier, denke ich, um etwas zu verändern. Deshalb bin ich in die Wüste gegangen.

14

Hier sind die Dinge scharf, elementar. Hier guckt dir keiner über die Schulter, um zu sehen, was du mit deinen Händen machst, oder dich zu fragen, ob du über die vielen Menschen nachgedacht hast, die täglich an Unterernährung sterben. Wenn du zugehört hast, mußt du inzwischen vermuten, daß ein Messer hier draußen sehr nützlich ist – nicht zum Schneiden, bloß zum Anschauen.

Und noch etwas, noch wichtiger: Erklärungen werden dir in den Sinn kommen, und sie scheinen verständlich zu machen; aber sie können irreführend sein. Du denkst, du hast das Wesen zu fassen, und hast doch bloß seine Schale in der Hand.

Spür nur, wie still es ist. Du kannst hier ungeduldig werden, bereit, jede Erklärung zu akzeptieren, um nur weitergehen zu können. Das scheint völlig belanglos zu sein, aber es ist eine Mauer zwischen dir und dem, worauf du aus bist. Laß dich auf keinen Fall zu dem Gedanken verleiten, es gäbe nichts zu fürchten. Weitergehen ist nicht wichtig. Du mußt warten. Du mußt die Dinge bis auf den Kern abschälen. Du mußt mit allem vorsichtig sein, selbst damit, was ich dir sage.

Mach es so. Warte, bis alles sich ausgezogen hat und schlafen gegangen ist. Vergiß dir vorzusagen, weshalb du hier bist. Hör genau hin. Kurz vor Morgengrauen wirst du leise Musik hören. Das ist der Ton des lautesten Träumens, der Träume von Felsen. Hör weiter hin, bis die Musik nicht mehr da ist. Was du dir über Felsen gedacht hast, wird zergehen, und was du weißt, wird klar. Jede Nacht wird es schwerer. Hör hin, bis du die Träume des Staubs hören kannst, der sich auf deinen Kopf legt.

Ich muß dir noch etwas sagen. Ich habe hier draußen auf Klapperschlangen gewartet. Sie kommen nie. Ich verpasse den Augenblick und ärgere mich. Aber es hält mich hier draußen fest. Ich würde die Klapperschlange gern dazu

überlisten, sich selbst umzubringen. Ein solcher Schluß-
akt würde mir gefallen. Dann würde ich mit der Schlange
wieder anfangen. Wenn so etwas möglich wäre, wäre die
Wüste sicher. Du könntest ewig hier bleiben.

Ich werde dir ein paar Dinge geben: Gesteinssplitter, ein
paar Zweige, diesen Panzer eines Käfers, den der Wind
angeblasen hat. Du solltest versuchen, die Gesteinssplitter
wieder zu einem Stein zusammenzusetzen, obwohl ich mir
nicht sicher bin, daß alle diese Stücke vom selben Stein
sind. Wenn sie nicht zusammenpassen, such dir andere,
passende. Du solltest versuchen, diesen Zweigen ein paar
Blätter zu entlocken. Du wirst zuerst feststellen müssen,
ob sie lebendig oder tot sind. Und du wirst herausfinden
müssen, was mit dem restlichen Käfer passiert ist, dem Inneren. Wenn du das alles getan hast, wirst du ein wenig
mehr wissen als am Anfang. Aber paß auf. Es wird dir so
vorkommen, als wären diese Aufgaben albern oder kinder-
leicht. Das ist ein Zeichen, das erste, daß du getäuscht
wirst.

Ich hoffe, du bleibst nicht lange hier. Wenn du mit dem
Stein, den Zweigen und dem Käfer fertig bist, werden andere Dinge sich dir antragen, und du mußt dich um sie
kümmern. Ich sehe, du bist schon müde. Aber du mußt
bleiben. Das ist das Quälende daran. Du kannst nicht
immerzu weggehen.

Hörst du, wie still es ist? Das wird dich bei deiner Arbeit
aufrichten. Lach nicht. Als ich das erstemal herkam, lachte
ich sehr laut, und die Sonne schlug mir ins Gesicht, und ich
brauchte eine Woche, um mich zu erholen. Mit Lachen
wirst du nur Zeit verlieren.

Ich laß dich jetzt allein auf die Wüste schauen. Was
dich bewegt, jetzt weggehen zu wollen, ist das, was dich
umbringen will. Hab die Geduld zu warten, bis die Klap-

perschlange sich selbst umbringt. Kann sein, daß andere dir sagen, dies sei bereits vorgekommen, und vielleicht stimmt es. Aber warte, bis du es selber siehst, bis du sicher bist.

Die heiße Quelle

I

Im späten Frühjahr, nach der Hornstrauchblüte, bricht der Mann in der blauen 58er Chevy-Pritsche mit dem kaputten Rücklicht und den gesprungenen Außenspiegeln auf. Er nimmt einen dünnen grünen Schlafsack und eine blaue Plane, etwas Geschirr und einen Feldkocher mit. Er nimmt seinen Löffel mit und nur Körnerflocken zu essen und Tee zu trinken. Er nimmt keine Bücher mit, kein Stück Papier zum Schreiben.

Er hält nur, um zu tanken, und nimmt keine Tramper mit. Er fährt auf den zweispurigen Teerstraßen, die vom Frost des letzten Winters Risse und Löcher haben, direkt durch, ohne das Radio anzuschalten. Er lupft seinen schweißnassen Hintern von dem heißen Vinylbezug des Sitzes und läßt sich vom Wind kühlen, der durch das auf halber Höhe festgeklemmte Fenster kommt.

Es dauert sieben Stunden, die 278 Meilen zu fahren. Zuerst über die Berge, vorbei an den großen Lavahalden auf der Kuppe, vorbei an den Hängen aus schwarzem Obsidianglas, hinunter in die würzige Duftwolke, die schwer im Gelbkiefernwald hängt.

Dann fährt er über Arroyos und Ebenen mit Beifußgestrüpp und vereinzelten Scheinzypressen und Goldastern in das Great Basin hinaus, vorbei an den eingezäunten und als staatliche Versuchsstationen ausgewiese-

18

nen Quadraten, in denen man Quecke ausgesät hat, um die Hochwüste in Weideflächen für knochige Hereford-Kühe mit leeren Augen umzuwandeln. Er sieht jedesmal ein paar vereinzelte Kühe. Auf einem langen geraden Stück Straße sieht er einen Goldadler auf einem Zaunpfosten sitzen.

Immer größer wird der Abstand zwischen den Ortschaften und größer, bis gar keine Ortschaften mehr kommen, nur mehr leere Hütten mit eingesunkenen Dachfirsten und fehlenden Türen und Fenstern.

Er kommt um den Fuß einer weiteren Bergkette herum, streicht an der Südostseite hinunter und fährt auf einer einspurigen Piste zwanzig Meilen am Rand der Salzwüste entlang, bis er zu der heißen Quelle kommt. Dort hält er an. Er hält den Wagen an, aber er läßt den Motor laufen, damit er kühl bleibt. Er kommt immer gegen ein Uhr nachmittags dort an.

II

Er atmete die beißenden Schwefeldämpfe ein, die aus dem grünen Riedgras aufstiegen, dem einzigen Tupfer Grün weit und breit. Er sah den Spinnen zu, die im Sauergras Netze webten, und den Wasserwanzen, die mit den gelben Blasen schwammen. Er starrte die von Kugeln zersiebten Blechwände um das sandige Becken herum an, in dem sich das Wasser sammelte.

Als er diese Dinge gesehen hatte, daß sie den Winter überstanden hatten, legte der Mann den Gang ein und kroch über das Beifußgestrüpp zur Wüstensohle hinunter. Er fuhr eine Meile weit über den trockenen, ausgebleichten Boden, bevor er den Gang herausnahm und den Wagen ausrollen ließ. Die Stille machte ihn achtsam. Er konnte seine Finger über das Kunststofflenkrad gleiten hören. Er konnte die Wölbung seiner Lippe an der trockenen Luft starr werden fühlen.

Er zog sich aus, ganz, und steckte seine Sachen in eine Umhängetasche mit Reißverschluß auf dem Fahrzeugboden. Dann zog er seine Turnschuhe wieder an und ging mit einem Paar Leinensocken in der Hand nackt durch die Wüste zu der heißen Quelle zurück. Die kühle Brise von den Bergen stellte seine Haut zu einem Gittermuster aus Stecknadelspitzen auf.

Er zog seine Schuhe aus. Er legte sich mit dem Rücken in das heiße Wasser, seine Zehen schabten den seichten, sandigen Grund des Beckens. Er konnte das Wasser am Eingang seiner Ohren schwappen hören, während das Gewicht des Wassers an seinen Haaren zog; er konnte die Staubpartikel fühlen, die von seinem Fleisch abfielen, hinabschwebten, sich auf den Grund des Teichs legten; er konnte das Wasser an den Schichten von angetrocknetem Schweiß arbeiten fühlen. Er konzentrierte sich und versuchte zu hören, wie sich Schmutz und Schweiß von seinem Körper lösten. Die Kuppen seiner Finger wurden runzlig, und er betrachtete das Wasser, das in der Höhlung seiner Brust zusammenlief und beim Luftholen wieder ablief.

Er wollte bleiben, bis die Sonne unterging, aber es ging nicht; er spürte, wie er absank. Er stieg aus dem Becken und schritt aus dem unüberdachten Blechverschlag hinaus auf den Wüstengrund. Der Wind ließ das Wasser verdunsten, und seine Poren schlossen sich wie erschreckte Muscheln und hielten die Wärme unter seiner Haut fest.

Als seine Füße trocken waren, zog er nur die Leinensocken an und ging. Er fühlte sich vom wirbelnden Wind wie von einem Mantel umhüllt, und seine Füße berührten kaum den Boden. Seine Augen schienen lockerer in ihren

Höhlen zu sitzen, und ohne hinzuschauen, wußte er, wie seine Finger eingekrümmt waren; er konnte seine Beinmuskeln unter den Kniescheiben ansitzen sehen, die Scheibe über die Gelenkrollen gleiten fühlen. Er fühlte die Verankerung der Muskeln an der breiten Fläche seiner Hüftknochen und den Wind sanft tief an den Wurzeln seiner Haare. Er fühlte den Druck, mit dem er beim Gehen die Luft teilte.

Als er wieder beim Wagen war, schenkte er sich einen Becher Wasser ein und tat eine Handvoll Körnerflocken in eine irdene Schale. Er aß und schaute über die Wüste und stellte sich vor, daß er wieder zum Leben erwacht war.

Der Rabe

Ich muß hinten anfangen und dir zuerst eins sagen: Es gibt in der Wüste keine Krähen. Was wie Krähen aussieht, sind Raben. Du mußt dir allerdings die Krähe genau anschauen, bevor du den Raben verstehen kannst. Die Krähe völlig zu vergessen, wie es einige versucht haben, wäre so, als wolltest du den verstehen, der geblieben ist, ohne mit dem zu reden, der ging. Es ist wichtig, sich zu klarzumachen, wer die Wüste verlassen hat.

Erstens einmal macht die Krähe nichts allein. Sie erträgt die Stille nicht und stiehlt gern allerlei, Zweige und Strohhalme, aus den Nestern ihrer Nachbarn. Für sie ist das ein Spiel. Gemeinheiten machen ihr Spaß. Wenn er sich nicht entschließen kann, nimmt sich der Krähenmann zwei oder drei Frauen, aber das ist kein Spiel. Die Krähe ist sehr anpassungsfähig, und sie bewundert Zwangsverhalten.

Krähen leben gern auf Straßenbäumen in den Wohngebieten großer Städte. Sie spazieren nachts gern über die Dächer geparkter Autos und picken an der Dreckschicht; sie kratzen mit ihren Krallenspitzen am Stahl und halten mit langgestreckten Hälsen nach verängstigten Kindern Ausschau, die in ihren Betten lauschen.

Dies alles halte dem Raben vor: Er wird den Schnabel öffnen, wie um etwas zu sagen. Dann wird er wegblikken und nichts sagen. Später, wenn du nicht mehr daran denkst, wird er dir sagen, daß er die Krähe bewundert.

Der Rabe ist größer als die Krähe und hat an der Kehle einen Bart schwarzer Federn. Er ist darauf bedacht, nur zu töten, was er braucht. Krähen dagegen werden etwa den Uhu aufstöbern, ihn treten und knuffen, bis er aufwacht, und dann werden sie ihn töten, weil er zu nahe an ihren Nestern geschlafen hat. Sie stoßen eines faulen, heißen Nachmittags vom Himmel herab, genau auf den Kopf eines dösenden Kaninchens, und ziehen lachend wieder ab. Sie reißen eine ganze Zeile Mais aus und fressen nur ein paar Körner. Sie kacken auf Krähenscheuchen und fliegen heim und schlafen mit 200 000 Freunden in einer Atmosphäre allgemeinen Schulterklopfens. Wieder ist es nur ein Spiel; es sollte nicht so aufgefaßt werden, als wären sie böse.

Allerdings: Wenn zu viele Krähen an einem Schlafplatz zusammenkommen, gibt es ein großes Gedränge und Gelärme und ein weißer Film legt sich den Krähen über die Augen, und sie werden blind. Sie fallen von ihren Sitzen und bleiben liegen und verhungern. Darüber zur Rede gestellt, werden Krähen an dir vorbeischauen und dich ausdruckslos warnen, daß man sich leicht täuschen kann.

Die Krähe fliegt wie eine Taube. Der Rabe fliegt wie ein Habicht. Man sieht ihn nur in weiter Ferne, und dann nicht sehr deutlich. Das trifft auch auf die Krähe zu, aber wenn du sehr klug bist, kannst du der Krähe eine Falle stellen. Um sicherzugehen, daß du wirklich einen Raben gesehen hast, bleibt dir nichts übrig, als ihm zu folgen, bis er an Altersschwäche stirbt, und dann die Leiche zu untersuchen.

Früher gab es viele Krähen in der Wüste. Wie ich höre, war es etwa so: Du konntest dich an die Felsen lehnen und zusehen, wie sich ein Schwarm Krähen am Kadaver eines Coyoten zu schaffen machte. Manche fraßen, die andern versuchten, die Geier abzudrängen. Den Raben sah man nie. Er hielt sich fern, allein, vielleicht daß er gerade einen Skorpion verzehrte.

Es gab damals ein kleines salziges Wasserloch am Rand der Wüste. Das Wasser war bitter. Niemand trank daraus, nur Krähen, wenn auch in Maßen, immer bloß einen oder zwei Schluck. Eines Tages warnte ein Rabe jemanden, es sei gefährlich, das bittere Wasser zu trinken, und eine Krähe hörte es mit. Als sich die Sache unter den Krähen herumgesprochen hatte, waren sie eingeschnappt. Sie johlten und machten den Raben beleidigende Gesten. Sie hetzten sich gegenseitig auf, das salzige Wasser zu trinken, bis sie das Loch leergetrunken hatten und erblindet waren.

Die Krähen flogen gegen die Canyonwände und schossen mit vierzig Meilen die Stunde pfeilgerade auf den Boden und brachen sich den Hals. Am schlimmsten war ihr Radschlagen über den Wüstenboden mit ausgespannten steifen Flügeln, aufgerissenen Schnäbeln und vorquellenden weißen Augen, womit sie Klapperschlangen aufscheuchten, die unter Beifußsträuchern vor der Mittagssonne Schutz suchten. Die Schlangen wachten auf, schlugen zu und hielten fest. Die radschlagenden Vögel schleuderten sie durch die Wüste wie zugeschnappte Fallen.

Als schließlich alle Krähen tot waren, fraßen die Wüstenbakterien und Wüstenpilze sich in sie hinein, bohrten sich durch Knochen und Muskeln, durch Kammerwasser und Federn, bis sie die steifen, samtig schwarzen Glieder zu blauem Staub zerlegt hatten.

Danach gab es keine Krähen mehr in der Wüste. Die wenigen, die aus der Ferne zusahen, nahmen es als Zeichen und zogen fort.

Zuletzt noch dies: Eines Morgens saßen vier Raben am Rand der Wüste und warteten, daß die Sonne aufging. Sie hatten die ganze Nacht dort gesessen, und der Tau lag wie Quecksilberperlen auf ihren Flügeln. Ihre Augen waren geschlossen, und sie waren so unbewegt wie die Risse im Wüstenboden.

Der Wind blies von den schneebedeckten Gipfeln im Norden und zauste ihre Nasenlochfedern. Ihre Krallen spannten sich in der weißen Erde, und sie strichen ihre Flügel mit glänzenden, dunklen Schnäbeln glatt. Mit dem ersten Tageslicht plusterten sich ihre Leiber auf und blitzten ihre Augen tiefrot. Als der Tau an ihren Flügeln getrocknet war, hoben sie vom Wüstenboden ab und flogen in vier Richtungen davon. Krähen hätten nie die Geduld aufgebracht.

Wenn du mehr über den Raben erfahren willst: Grab dich in der Wüste ein, so daß du die hohen Basaltfelsen, wo er lebt, sicher im Blick hast. Nur deine Augen dürfen herausschauen. Blinzele nicht – die Bewegung wird dem Raben verraten, daß du immer noch da bist. Warte eine Generation Raben ab. In der neuen Generation wird es wenigstens einen Vogel geben, der dich finden wird. Er wird deine Augen aus dem Wüstenboden hervorstarren sehen. Der Rabe ist vorsichtig, aber er ist gründlich. Er wird deine friedlichen Absichten spüren. Laß ihm das erste Wort. Sieh dich vor: Er wird dir erzählen, er wüßte nichts.

Wenn dir dafür die Zeit fehlt, durchstöbere die verwitterten Wüstenhütten nach einer Spur vom Körper des Raben. Guck unter alte Matratzen und unter lockere Bretter im Fußboden. Guck hinter die Wände. Früher oder später wirst du einen abgetrennten Fuß finden. Er wird von ihm sein, und er wird gut erhalten sein.

Nimm ihn mit hinaus ins Sonnenlicht, und schau ihn dir genau an. Sieh, daß es drei Finger gibt, die nach vorn zeigen, und einen vierten, den längsten und daumenähnlichen, der nach hinten zeigt. Das Greifwerkzeug wird

schwarz sein, aber nicht mehr glänzend, die Rückseite ge-
panzert und die Unterseite gepolstert wie eine Wolfspfote.

Am Ende jedes Zehs wirst du eine schwarze, krumme
Kralle finden. Du wirst sehen, daß die Krallen nicht so
scharf sind, wie du vielleicht vermutet hast. Sie sind zum
Greifen und Festhalten geschaffen, nicht zum Durchboh-
ren. Sie gleichen eher den Backen einer Falle als einer
Faustvoll Eispickel. Der feine Unterschied kommt dem Raben in der Wüste gut zustatten. Er kann auf dem kah-
len Ast einer Scheinzypresse einem Sturm trotzen; er kann
das Auge der Krähe aufheben und betrachten, ohne es zu
beschädigen.

Schattenstunde

Ich sitze auf einem Teppich mit Gewittermuster, den sich eine Navahofrau, Ahlnsaha, von der Seele gewebt und im August 1934 bei einem Mann namens Dobrey in Winslow, Arizona, gegen Lebensmittel eingetauscht hat.

Im Herbst 1936 steigt ein schwedischer Farmer, Kester Vorland, nachdem ihm die Wirtschaftskrise das Land unter den Füßen weggezogen hat, ins Auto, verläßt seine Frau und seine drei Kinder und drückt sich, als die Gelegenheit gerade günstig ist, in den Laden, um den Teppich zu stehlen, während Dobrey sich im Hinterzimmer an einem kaputten Sattel zu schaffen macht. Er setzt ihn am nächsten Tag in Flagstaff in Lebensmittel und 25 Dollar Bares um und fährt weiter nach Needles. Der Teppich wird später von einem jungen Mann namens Diego Martin gekauft, der ihn mit zurück nach San Bernardino in Kalifornien nimmt. Er gibt damit vor seinen Freunden an, ein echter Fang. Als er 1941 heiratet, schenkt er ihn seiner Frau, und in einer flauen Septembernacht schlafen sie miteinander darauf, wovon ein kleiner Fleck zurückbleibt, den die Frau, Yonella, jederzeit wiederfindet, aber den Diego nicht wahrhaben will, selbst wenn sie mit dem Finger darauf deutet. Er meint, der Fleck sei von einem Käfer; er verbietet ihr, den Teppich danach irgendwem zu zeigen. Er kommt am 16. April 1943 auf Honolulu bei einem Streit in einer

Kneipe um, Obergefreiter bei den Marines. Yonella verkauft alles. Eine alte Frau mit roten Haaren und Leberflecken an ihrem Kehlsack namens Elizabeth Reiner kauft den Teppich für 45 Dollar und nimmt ihn mit heim nach Santa Barbara. 1951 kommt ihre Tochter zu Besuch, und ihr Enkel John Charles, der zehn ist, läßt sich anmerken, daß er den Teppich gern hätte; als Mutter und Tochter sich über irgend etwas in die Haare geraten, schenkt ihn die ältere Frau in ihrem Zorn dem Jungen (sie reißt ihn von der Wand herunter), als Beweis ihrer Großzügigkeit. Später untersagt sie ihrer Tochter, je wiederzukommen, und fängt dann an, den Teppich zu vermissen und sich albern vorzukommen. Dem Jungen ist das egal. Er gelobt, ihr immer zu Weihnachten zu schreiben, auch wenn seine Mutter es verbietet.

Im Zug von Los Angeles nach Prairie du Chien mummelt sich der Junge in den Teppich ein wie eine Schildkröte. Er hat ihn über den Schultern, während er in seiner Unterwäsche auf dem Bett sitzt und auf Nebraska hinausschaut. Als er sechzehn ist, verliebt sich John Charles in Dolores Patherway, die neunzehn ist und eine Hure. Eines Nachts gibt sie ihm fünfundzwanzig Minuten für die Decke, aber er sieht das anders: Sie ist ein Geschenk, das Beste, was er ihr geben kann, voll magischer Kraft. In der gleichen Nacht gelingt es Dolores, sie für 60 Dollar an einen Matrosen auf den Great Lakes zu verkaufen. Sie erzählt ihm, die Decke sei echt Sioux, noch von der Schlacht am Little Big Horn, die bringt immer einen guten Preis. Der Matrose heißt Benedict Langer, kommt aus einer gut katholischen Familie aus Ramapo in New Jersey und war noch nie richtig betrunken, geschweige denn geschlechtskrank, aber in drei Wochen Wehrdienst, der nach Meinung seines Vaters einen Mann aus ihm machen würde, hat er völlig konfus mit sechs verschiedenen Frauen geschlafen, die ihm erklärt haben, er sei Spitze; er spürt, wie sich ein Schlund auftut. Am Tag nach dem Kauf schenkt Benedict die Decke seinem Freund Frank Winter und macht sich in Green Bay, der Football-Stadt, auf die Suche nach einem Priester. Im März 1959 schickt Frank sie seinen Eltern als Präsent zum Hochzeitstag (sie hat achtzehn Monate in seiner Feldkiste gelegen und riecht nach Mottenkugeln, ein Umstand, dem er abhilft, indem er sie nachts auf der Signalbrücke der USS »Kissell« lüftet). Er legt eine Urkunde bei, die er selber im Druckraum des Schiffes aufgesetzt hat, des Inhalts, es handele sich um eine authentische Pawnee-Decke, damit seine Eltern stolz sind und sie an der Wand ihres Altersruhesitzes in Boca Raton, Florida, neben die Maracas aus Guadalajara hängen können. Sie lassen sie im Flurschrank im Karton; sie reden nicht weiter darüber. Mr. Winter eröffnet seiner Frau eines Nachts im Dunkeln, er glaube nicht an die Kräfte von Medizinmännern.

Am 17. Juli 1963 ist Frank Winter auf der Stelle tot, als er im Mekong-Delta mit dem Fuß an eine Landmine stößt. Sein Vater wartet einen Monat ab, bevor er die Decke und die sonstigen Habseligkeiten des Jungen der katholischen Wohlfahrt vermacht. Pfarrer Peter Donnell, ein Priester am Ort, ein recht aufgeschlossener Mann, legt den Teppich im Vorraum des Refektoriums der katholischen Kirche von Boca Raton auf den braunen Teppichboden und arrangiert zwei Stühle und einen kleinen Tisch genau passend darauf (besonders das Ganado-Rot hat es ihm angetan), bis der Monsignore ihn ersucht, ihn zu entfernen. Unter seiner Matratze ausgebreitet, bewahrt Pfarrer Donnell den Teppich ein Jahr lang in seinem Zimmer auf. Er nimmt ihn mit, als er nach Ames in Iowa versetzt wird, wo der Teppich schließlich bei einem Osterbasar zum Verkauf kommt, da Pfarrer Donnell meint, sich zur Läuterung von seiner ganzen persönlichen Habe trennen zu müssen. Er wird von den Antiquitätenhändlern Mr. und Mrs. Theodore Wishton Spanner aus Jordan Valley in Oregon (so tragen sie sich in die Liste ein) erstanden. Im Winter darauf kaufe ich ihn von Mrs. Spanner, die mir erzählt, der Teppich sei von einem Komantschen gewebt worden, der sein Handwerk von einem Navaho gelernt habe, sie habe ihn auf der Reservation in Oklahoma erworben. Alles urkundlich. Ich nehme den Teppich mit nach Hause, und bei Einbruch der Dunkelheit ziehe ich mich aus und lege mich darunter, so daß er meinen Körper ganz bedeckt. Ich lausche die ganze Nacht. Ich höre nichts. Doch es gelingt mir in dieser Zeit, alle in die Fäden eingesunkenen Gerüche und tief in den Fasern immer noch nachhallenden Geräusche zu enträtseln. Er ist das, was ich gesucht habe.

Diesen Teppich also habe ich jetzt sorgfältig in Ost-West-Richtung über den staubigen Boden ausgebreitet. Erst aus einer solchen Höhe über der Wüstensohle kann man deutlich erkennen, was vorgeht.

Der Mond ist eben aufgegangen; die Sonne eben unter. Es sind nur wenige Sterne am Himmel, und von Süden kommt eine Brise auf. Es riecht nach nassen Cottonwoodblättern.

Dies ist die beste Zeit, um zu sehen, was läuft. Jeder, der hier durchkommt, wird kurze Zeit sichtbar sein. Ich habe bereits den Priester mit seiner in Wolfsfell gebundenen Bibel und den schlafenden Amseln im Haar gesehen.

Ich sehe die Frau, die nach Beifuß riecht, und ihre drei Kinder mit den großen weißen Augen und den zerschlissenen Cowboyhosen. Ich sehe den Jungen, der sich im Staub wälzt wie ein Pferd, und den Frontkämpfer mit der vom Wind blankgeriebenen Alabasterhaut. Ich sehe den prachtvollen Padinga, die Arme voller Ruder, über die Wüste springen wie ein Windhund. Ich beobachte Geparden in silbernen Wagen mit einem Gespann weißer Krähen davor. Ich sehe den Regenbogen in Windarabesken.

Die Nacht wird tiefer. Ich beuge mich hinab, um Ahln-saha zu lauschen: sie weint in Arizona. Sie singt so:

> Geh zum weißen Regen
> Ta ta ta ta
> Geh zum weißen Regen
> Ta ta ta ta
> Ich sehe die Pferde
> Ta ta ta ta
> Sie grasen dort oben.

Es gibt keinen Regen; es gibt keine Pferde. Ihr Lied zer-bricht mit ihren Tränen im Staub wie Lügen. Sie riecht wie dein Gesicht im Weizen.

Der Mond steht höher, über den dünnen Wolken am Ho-rizont.

Die zwei Mädchen mit der Sonne im Spinnwebbeutel stehen an den Bergen im Süden im Gespräch mit der blauen Schlange, die mit ihrer Pfeife Löcher in den Wind macht.

Ich rieche, wie die Hitze des Tages an den Rändern der Risse in der Erde klebt wie eine Salzkruste nach der Flut. Ich lege mich zurück und betrachte den Himmel. Ich schließe die Augen. Ich streiche mit den Händen weich über den Teppich und spüre die Kälte aus der Erde auf-steigen. Wenn ich wiederkomme, werde ich eine Mönchs-kutte mit tiefer Kapuze und Schuhe aus Jutefasern mit-bringen. Ich werde wie ein Verrückter die ganze Nacht nach Westen rennen, bis ich anfange einzuschlafen; dann werde ich zurückgehen und dabei darauf achten, die Ab-weichung der Erde auszugleichen, die Coriolis-Kraft, während ich beim präzisen Pfeillicht der Sterne mein Brevier lese, meines Ziels gewiß.

Der Tag liegt breit auf dem Wüstenboden wie ein gefallener Krieger. Mir ist warm. Licht jeder Art erregt meine Aufmerksamkeit. Ich glaube, daß es irgendwo da draußen eine Stelle gibt, wo du direkt in das Herz der Erde hinabschauen kannst. Das Licht dort ist stark genug, um dir die Augen auszubrennen wie Baumblut im Feuer. Aber ich werde nicht in seine Nähe kommen. Ich lasse es vergehen. Ich finde es gut zu wissen, daß ich, wenn ich es brauche, nur mit einer Schaufel oder einem kleinen Spaten einfach graben und mir den Tag zurückholen kann.

Diese Zeit ist die einzige Zeit, in der du die Schildkröten im Osten versammelt zur Wanderung an den Westrand sehen wirst, wo es Wasser gibt, und dann in derselben Nacht wieder zurück, um sich im Gesträuch zu verstecken und vor Kälte stumpfe und starre Insekten zu zerquetschen. Ich habe mit diesen Schildkröten gesprochen. Darüber, was sie erfüllt, schweigen sie sich aus. Jede einzelne sieht aus wie die halbe Erde.

Dies ist die einzige Zeit, in der du deine beiden Schatten betrachten kannst. Wenn du völlig ruhig dasitzt und deinen Hauptschatten beobachtest, während die Sonne untergeht, wirst du ihn lange genug im Auge behalten können, um zu sehen, wie dein anderer Schatten voll wird, wenn der Mond wie ein Porzellanbecken mit klarem Wasser aufgeht. Wenn du dich vorsichtig nach Süden wendest, kannst du dir beide auf einmal anschauen: Um das Wesen der Stille zu verstehen, mußt du in diesen Raum zwischen deinen Schatten blicken können.

Dies ist die einzige Zeit, in der du Wasser riechen kannst und es nicht für den Geruch einer Granitplatte halten oder mit dem Geruch von Marmor oder der Dunkelheit verwechseln wirst. Wenn du zu dieser Zeit unterwegs bist, gehen kannst, wohin du willst, wirst du mühelos Wasser finden, so als ob du deine Hände suchtest. Es kann einige Stunden, ja Tage dauern, bis du zu der Stelle kommst, aber, einmal gerochen, wird an der Wegrichtung kein Zweifel sein. Der Geruch von Wasser wird nicht von den Luftströmungen beeinflußt, deshalb wirst du die Windrichtung nicht zu wissen brauchen; der Geruch von Wasser liegt auf der Oberfläche der Erde wie ein langer Stock aus geschältem Ulmenholz.

Dies ist die einzige Zeit, in der du den Flug des grauen Adlers über der Wüste hören kannst. Du kannst ihn nicht sehen, weil er mit der Sonne schwindet und am Morgen aus ihr hervorgeht, aber es ist möglich, seine Schwingen gegen die Säulen aufsteigender Warmluft anschlagen zu hören und das Streifen des Windes in seinen Federn, wenn er schräg gelegt seinen Kreis über dem Wüstenboden zieht. Es gibt da draußen nichts für ihn, keine Kaninchen zu jagen, keine Steilwände, um davon herunterzustoßen, keinen Felsen, um darauf zu schlafen, aber er ist immer da draußen zu dieser Zeit, zu Grau verschwimmend und dann zu nichts, und dreht mit geschlossenen Augen auf dem Wind seine Runden. Einerlei, wie hoch er steigt oder wie weit weg er zieht, du wirst ihn hören können. Du mußt dich nur irgendwo flach hinlegen und auf das Geräusch lauschen; es gleicht dem Kräuseln des Ozeans.

Das letzte, was du wahrnimmst, werden die Steine sein, kleine Stückchen vulkanischer Asche, schwarzes Glas, blauer Turmalin, Saphire, schmale Platten aus grauem Feldspat, Rosenquarz, Glimmertafeln und Blutachat. Sie sind klein genug, um übersehen zu werden, wie sie da in den Spalten des Wüstenbodens liegen, aber sie sind das letzte, was vom Licht läßt; du wirst sie wie Kohlen flackern und glühen sehen, bevor sie loslassen.

Es ist gut, ein paar von diesen Steinen in der Tasche zu

haben oder in der Hand zu halten, wenn du dich schlafen legst. Ein Mann, den ich kannte, nur kurz, war überzeugt, die Steine seien wichtiger als alles andere; einen blauen trug er immer hinterm Ohr. Eines Abends, während wir uns unterhielten, streckte er die Hand aus und nahm mit dem nassen Finger etwas Salzstaub und malte sich einen kleinen Blitzkeil auf die rechte Wange. Ich schaute ihn über eine Stunde lang an, bis es zu dunkel wurde. Ich rollte mich in diese Decke ein und schlief.

Im Umkreis

I

Im Westen, in den blauen Bergen, gibt es kleine Flüsse mit grauem Wasser. Sie schlängeln sich aus den Canyons, kommen über die braune schartige Erde bis zum Rand der Wüste und verlaufen ins Nichts. Wenn diese Flüsse strömen, machen sie einen gewaltigen Lärm.

Niemand hat sie meines Wissens je gezählt, aber ich denke, es sind über zwanzig; genau läßt sich das schwer sagen. Beispielsweise hat man einigen der Flüsse Namen gegeben, die man mit den Jahren aufgeben mußte, weil ein Fluß drei- oder viermal floß und dann die Rinne leer blieb.

Die alten Betten sind leicht zu finden, wo der Staub weggewaschen wurde und die Geröllschicht zutage liegt – Zinnober mit Quecksilber durchschossen, Eisenkies, helles Quarzpulver und Feueropal; aber einen der Flüsse zu finden, ist etwas anderes, selbst wenn sie voll sind. Mir ist es ein paarmal geglückt, weil ich bei Nacht ging und auf den Lärm lauschte.

Es gibt etwas Pflanzenwuchs in der Gegend; er scheint nicht auf Wasser angewiesen zu sein. Die Klapperschlangen leben hier neben den Kaninchen.

Wenn es einmal Donner gibt, kommt er aus dieser Richtung. Tagsüber ist der Wind hier. Unter den Gerüchen sind Germer, Vallokraut und Pricken; jede Pflanze strömt ihren eigenen Geruch aus, und zusammen bilden sie eine Art

Kissen, das ein Stück über dem Boden schwebt, wo die Wahrscheinlichkeit, daß der Wind sie zerfleddert, geringer ist.

II

Im Norden werden die blauen Berge weiß, und die Flüsse werden verläßlicher, sind allerdings auch weniger. Es gibt hier eine Art Sumpf am Rand der Wüste, wo die Flüsse Tümpel bilden und wo Gräser und Seggen wachsen und das Wasser sich reichlich Zeit läßt, zu verdunsten und zu versickern. Es gibt hier ein paar Enten, aber ich weiß nicht, wo sie herkommen oder wo sie hingehen, wenn der Sumpf im Sommer austrocknet. Ich habe sie nie fliegen sehen. Immer verstecken sie sich, huschen davon; du siehst ihre Schwanzfedern im dichten Sauergras verschwinden. Sie quaken nie.

Vier Cottonwoods stehen hier und zwei schwarze Robinien. Die Cottonwoods riechen nach Balsam, werfen Samen aus, die in einem Gespinst außerordentlich feiner weißer Härchen in der Luft schweben, und erzeugen einen Klebstoff, mit dem die Bienen ihre Waben befestigen. Nur einer der Cottonwoods, der älteste, ist ein weiblicher Baum. Der Blattstiel trifft im rechten Winkel auf das Blatt, und daher kommt es, daß die Blätter bei der kleinsten Brise rascheln und blinken. Die Unterseite des Blattes ist silbrig grün. Bei hellem Mondschein schaue ich diesem Windblinken der Blätter gern zu.

Die schwarzen Robinien sind kleinere, jüngere Bäume und wachsen etwas abseits für sich. Sie wurden von Einwanderern gepflanzt und haben süß riechende erbsenähnliche Blüten mit kurzen, rosenartigen Dornen an den Blattknoten. Es gibt ein paar Traubenkirschensträucher und auch eine Scheinzypresse. Hier kannst du am Mittag der Sonne entkommen und schlafen. Der Wind läuft an den Cottonwoods hinunter wie Wasser und kühlt dich.

Ein alter gelbbrauner, langhaariger Hund lebt hier.

Manchmal siehst du ihn laufen, immer mit leichter Schlagseite. Es gibt auch die Überreste einer umgekippten Hütte aus gehobeltem Holz; die dunkelbraunen Bretter sind mit roten und gelben Flechten bepunktet und trocken wie von der Sonne ausgedörrte, längst vergessene Schuhe.

III

Im Osten fallen die weißen Berge ab, und es kommt ein flaches Stück am Horizont, und dann fangen die roten Berge an. In diesen Bergen wächst fast nichts, bloß ein wenig Beifußgestrüpp. Am Fuß, wo sie auf die Wüste stoßen, sind Dünen, weiß wie Gips.

Im Innern der Berge sind alte Flüsse, die in Kreisen über die Böden niedriger Höhlen fließen. Die Fische in diesen Gewässern sind weiß und durchscheinend; unter der Haut siehst du einen rosigen Flor, die Organe. Wo die Augen sein sollten, sind graue Höcker, die sich nicht bewegen. An den Wänden sind weiße Spinnen, die aussehen wie feste Wattebällchen auf langen haarigen Beinen. Es gibt auch weiße Käfer, die flink durch die Berge von schwarzem Fledermauskot krabbeln.

Mir waren diese Höhlen nie ganz geheuer, weil die Wände einem unter den Fingerspitzen sofort zerbröckeln; es ist keine Feuchtigkeit in der Luft, und es riecht nach Luftballons. Das Wasser riecht nach Orangen, aber hat keinen Geschmack. Nichts, was du hier tust, macht ein Geräusch.

Du mußt dich durch diese roten Berge zwängen, um sie zu überwinden; du kannst nicht über sie gehen. Du mußt dich irgendwo am Fuß dagegenstemmen und eindringen. Es gibt immer einen Augenblick der Angst vor dem Hineingleiten, wo du feststeckst. Deine Augen sind zugekniffen, und die Absätze deiner Schuhe klemmen fest, und du kommst dir blöd vor.

Nachts liegt der Wind in einer Rille am Fuß der roten Berge und schläft, lang über die weißen Sanddünen gestreckt wie eine Raupe. Der Rand der Wüste ist an dieser Stelle am unschärfsten, wo der weiße Sand und der Salzstaub von dem Atem des schlafenden Windes in Wirbeln hin und her wehen.

IV

Im Süden laufen die roten Berge aus, und gelbe Berge voll Silber- und Türkisgestein steigen auf. Es gibt hier viele Kaninchen, ein wenig Regen zur Sommermitte, schöne Wolken an die höchsten Gipfel geheftet. Wenn du draußen in der Mitte der Wüste bist, ist dies die Richtung, in die du zuletzt immer schauen wirst.

Im Süden leben zwölf Falben am Rand der gelben Berge. Die Flüsse hier sind schwach; die Pferde müssen zum Trinken woanders hingehen, aber sie kommen immer zurück. Es gibt ein wenig Gras, aber die Pferde scheinen es nicht zu fressen. Sie scheinen zu warten, oder satt zu sein. Zehn Meilen entfernt hörst du noch das Klacken ihrer Hufe auf den Felsen. Am Nachmittag sind sie reglos, den Blick zu Boden gesenkt, auf die kleinen Steine.

In der Nacht gehen sie in die Canyons, um im Stehen zu schlafen.

Von der Mitte der Wüste aus kannst du selbst in einer dunklen Nacht zu den Bergen schauen und die unterschiedlichen Richtungen erkennen. Von der Mitte der Wüste aus kannst du alles gut sehen, selbst in schwarzer Neumondfinsternis. Du weißt immer, wo etwas herkommt.

Das Volk der blauen Hügel

Einst lebte hier ein Volk, das auf seinem höchsten Stand vielleicht zweihundert Seelen zählte. Man hat durch genaue Untersuchung der Knochen und sorgfältige Rekonstruktion der Muskelgewebe festgestellt, daß sie, obwohl sie aussahen wie wir, keine Stimmbänder hatten. Sie lebten in Höhlen, die in übereinanderliegenden Reihen in die Felswände im Osten am andern Ende der Wüste gehauen waren, und aus diesem Grund können einige ihrer vergänglicheren Habseligkeiten, selbst Kleidungsstücke, noch immer in gutem Zustand untersucht werden. Die Stoffreste, die man gefunden hat, sind meistens aus Leinen, einige mit über tausend Webfäden pro Zoll, Stoff von der Dicke von Menschenhaar. Soweit man feststellen kann, gab es in der Kleidung keine Unterschiede zwischen den Geschlechtern; anscheinend trugen alle ähnliche Leinengewänder von unterschiedlicher Derbheit und geflochtene Beifußsandalen.

Weiter fand man in den Höhlen die üblichen Gerätschaften: Mörser und Stößel, Küchenmesser, sogar Holzschalen, die wie der Stoff merkwürdig gut erhalten sind. Die Messer sind eigentümlich, aus Silber gearbeitet und mit schwarzem Obsidianglas als Schneide. Etliche Glas- und Kristallscherben wurden auf dem Boden der Höhlen in der Erde gefunden, neben Resten von Porzellan mit und ohne Knochenasche. Es sind einige vollständig erhaltene

Stücke geborgen worden, und sie sind hervorragend gearbeitet. Ein Paar klobige Kerzenhalter aus Zinn samt Resten von Bienenwachs hat man ebenfalls entdeckt.

Obwohl sie getrennte Eingänge haben, sind die Höhlen durch ein seltsames und, wie es scheint, unnötig kompliziertes Netz kommunizierender Gänge miteinander verbunden. Funde gab es in diesen Gängen nur an den Stellen, wo sie auf eine Höhle treffen; hier scheint es einen Vorratsbereich gegeben zu haben, eine Art Hinterraum. Es gibt Theorien, wonach das Gangnetz selber irgendwie ein Verteidigungslabyrinth gewesen sein könnte.

Außer den scharfen Instrumenten, die anscheinend zur Essenszubereitung benutzt wurden, haben sich keinerlei sonstige Waffen gefunden. Dies verwunderte die Archäologen zunächst, die in einer Untersuchung flacher Abfallgruben festgestellt hatten, daß die Höhlenbewohner sich von einer abwechslungsreichen Mischkost aus Fleisch und Gemüse ernährten. Man fand nicht nur keine Jagdgeräte (nicht einmal Stricke oder Materialien zum Bau von Fallen), es gab, wie man herausfand, auch zuwenig Tiere in der Nähe, um den in einer Untersuchung der Abfallgruben und Vorratsbereiche zutage getretenen Überfluß zu erklären. Was die Frage der Ernährung weiter kompliziert, sind die fehlenden Anzeichen für das Vorhandensein von geeigneter Erde zum Anbau der vielen Kultursorten von Melonen, Tomaten, Gurken, Sellerie und anderen Gemüsen, von denen wir versteinerte Samen gefunden haben. Ebensowenig hätte man ohne eine Form von Bewässerung (und dazu war zu der Zeit kein Fluß zur Stelle) genug Wasser gehabt, um einen solchen Bodenbau zu betreiben. Tatsächlich hat eine Reihe von Bohrungen ergeben, daß das verfügbare Wasser gerade ausreichte, um den Jahresbedarf von vielleicht sechzig bis achtzig Personen zu decken, ohne daß der Grundwasserspiegel fiel.

Mit der Radiokarbonmethode hat man für die Bewohntheit der Höhlen eine Zeit vor 22 000 ± 1430 Jahren ermittelt. Wieder ergibt sich aus der Berechnung der Wildbestände und der Witterungsbedingungen in diesem Zeitraum, daß die Höhlenbewohner ihr offenbar reich begütertes Leben in einer Gegend führten, die eindeutig keine Grundlage für ein solches Leben bot. Es hat Überlegungen gegeben, diese Leute hätten woanders gejagt und geackert, es aber vorgezogen, am Rand der Wüste zu leben, und dafür große Entfernungen zurückgelegt, aber diese These hat niemand ernsthaft in Betracht gezogen. Das nächste Gebiet mit ausreichend Wasser und Ackerboden liegt sechzig Meilen nordöstlich. Hinzu kommt noch: Die Hauptfleischquelle, nach Kaninchen und sonderbarerweise Gänsen, war ein kleiner Gabelbock, ein außerordentlich wachsames und so weit verstreut vorkommendes Tier, daß es zu Fuß nie in nennenswerter Zahl zu erlegen gewesen wäre. Nur ganz selten konnten solche Tiere von einer Klippe getrieben oder in einer Pis'kun gefangen werden. Es ist gemutmaßt worden, daß die Leute ihre Nahrung auf dem Tauschwege bekamen, aber das ist höchst unwahrscheinlich.

Die Frage, wie sie ihre Versorgung bewerkstelligten, bleibt unbeantwortet.

Auch andere Fragen bleiben. Zum Beispiel hat man für die 173 Toten, deren sterbliche Überreste sich fanden, keine Todesursache feststellen können, aber man meint, daß sie alle im Zeitraum eines Jahres starben. Alle bis auf einen wurden ordentlich in eine Krypta in den Wänden der Höhlen gelegt. Diesen einen fand man auf dem Boden sitzend, an eine kunstvoll geflochtene Rückenstütze aus Zedernrinde gelehnt. Der Mann war über vierzig und arbeitete anscheinend gerade an einem Stück Stoff mit Perlenbesatz, als er starb. Man hat keine Vermutung, wo seine weißen Alabasterperlen herkamen.

Was diese Menschen taten, ist ebenfalls ein Rätsel; so wie es keinerlei Jagdzeug gibt, gibt es auch keinerlei Ackerbaugeräte. Nichts deutet auf größere religiöse Zeremonien oder ein reges Kunsthandwerk hin, und es gibt auch keine Werkzeuge oder Öfen zur Herstellung der in den Höhlen gefundenen Glas- und Metallgegenstände (und es ist äußerst unwahrscheinlich, daß diese auf dem Tauschwege erworben wurden, denn von der Existenz einer anderen Kulturgruppe mit solchen Fertigkeiten zu der Zeit ist uns nichts bekannt).

Manche glauben, einen Schlüssel zum Verständnis dieser Menschen hätte man, wenn man den Sinn und Zweck einer Reihe von blauen Erdhügeln herausfinden könnte. Diese Hügel aus tiefblaugrauem Staub sind ungefähr 30 cm hoch und bis auf die abgerundeten Spitzen völlig kegelförmig. Man fand einen in jeder Höhle, und die Überreste von vieren sind in der offenen Wüste entdeckt worden, ungefähr eine Meile von den Höhlen entfernt. Im Herzen eines jeden, zum Fuß hin, fand man einen harten weißen Stein, vollkommen rund, glatter als trockener Marmor, als ob er über Jahrhunderte in einem Bachbett geschliffen worden wäre. Diese Steine sind wie Gips, aber haben eine andere Kristallstruktur und sind extrem leicht. Es gibt Grund zu der Annahme, daß sie die versteinerten Überreste irgendeines Organismus sind.

Natürlich ist dies auch der Grund, weshalb diese Menschen als das Volk der blauen Erde oder der blauen Hügel bezeichnet werden. Sie lassen sich weder geographisch noch nach dem Stand einiger ihrer Handwerkstätigkeiten mit irgendwelchen ihrer mutmaßlichen Zeitgenossen in Verbindung bringen. Und eine Reihe von Fragen stellt sich hartnäckig weiter. Trotz ihrer anatomischen Sprachunfähigkeit finden wir keine Anzeichen für irgendein anderes Kommunikationssystem. Keine Malereien, keine Schrift, keine Markierungssysteme, keinerlei Aneinanderreihungen. Auch die Herkunft des Leinenstoffs ist natürlich ein Rätsel. Es gibt keine Gegenstände, die sich als Spielzeug bezeichnen ließen, oder Hinweise auf irgendwelche Spiele; allerdings hat man mehrere lautenähnliche Instrumente gefunden. Fast alles übrige ist von ganz gewöhnlicher Machart, nur die Materialien, aus denen einige Dinge gefertigt sind, sind ungewöhnlich. Es gibt, wie schon erwähnt, Porzellan- und Glasscherben, sogar Sterlingsilber, aber, wie gesagt, keine Hinweise auf die Herstellung. Ein sorgfältiges Sieben der Höhlenböden hat Reste von Eichen- und Ledermöbeln an den Tag gebracht, aber keine Anzeichen von Feuerstellen, zumal es zu der Zeit offenbar kein Holz oder einen anderen Brennstoff in der Nähe gab. Soweit sich feststellen läßt, wurde das Essen auf Steinplatten vor den Höhlen zubereitet, vielleicht mit einem besonderen Glas zur Konzentration der Sonnenstrahlen. Im Innern der Höhlen gab es, wie es scheint, keine Wärmequelle.

Ein einzelner Fetzen eines papyrusähnlichen Papiers hat sich gefunden, und Gegenstände, für die keine Erklärung vorgebracht wurde (darunter eine glatte Scheibe aus rotem Sandstein und eine riesige Schildkrötenschale), sind ebenfalls nach und nach aufgetaucht.

Die Analyse der Höhlenböden geht weiter, auch eine genauere Untersuchung des umliegenden Gebiets, aber wo das Problem liegt, ist klar. Wir haben es hier mit einem völlig aus dem Rahmen fallenden Menschenschlag zu tun, und aus diesem Grund sollte man uns Spekulationen nachsehen. Ein Künstler zum Beispiel, der für ein Museum im Osten tätig ist, hat eine Serie von Zeichnungen auf der Grundlage anatomischer Studien angefertigt; er hat diesen Menschen blaugraue Haut, weiße Haare und sanfte graue Augen gegeben. Seine Bilder sind sehr eindrucksvoll;

die Augen haben etwas Gütiges, Tiefblickendes. Es steht ihm völlig frei, das so zu machen.

Aber ich habe meine eigenen Vorstellungen.

Die Salzwüste war zu der Zeit dieser Menschen hier, das habe ich aus zuverlässigster wissenschaftlicher Quelle, obwohl das Umland der Wüste eine Art Sumpfgebiet war und keiner Gründe für die Existenz einer Wüste in diesem Gebiet zu jener Zeit angeben kann. Für mich liegt es damit auf der Hand, daß diese Menschen ein ungewöhnliches Auskommen in dieser Wüste gefunden hatten; die Bedingungen waren in höchstem Grade hart, und Nahrung und Wasser (ganz zu schweigen von Leinen, Silber und Glas) waren von woandersher gekommen. Es ist daher meines Erachtens keineswegs abwegig, gewiß nicht für jemanden, der diese Höhlen gesehen hat, wenn man zu der Vermutung kommt, daß diese Menschen, im Austausch gegen Nahrung, Wasser und andere Bedürfnisse des Lebens, eine ungewöhnliche Beziehung zur Wüste eingegangen waren. Ich habe die Höhlen selbst eingehend genug untersucht, um sagen zu können, daß sie sowohl gut versorgt und ohne Not als auch ein seßhafter, vielleicht sogar ein beschaulicher Menschenschlag waren. Dies erscheint höchst sinnfällig.

Ich denke, es wird sich zudem herausstellen, daß die blauen Hügel mit ihren weißen Steinherzen mehr mit der Wüste zu tun haben als mit den Menschen an sich. Ich denke, sie könnten sogar das Zeichen eines Bandes zwischen den Menschen und der Wüste sein. Ich gehe davon aus, daß die Wüste in dieser Beziehung die treibende Kraft war, aber ich kann mich irren. Es kann sein, daß es die Menschen waren, die diese Beziehung schufen; wir können nicht genau sagen, wozu sie imstande waren. Vielleicht waren sie blauhäutig, und jeder hatte den Gedanken der Wüste in seinem Herzen, dem weißen Stein in der blauen Erde vergleichbar, das könnte es heißen. Vielleicht ist es das, was sie sagen wollen, daß die Wüste nur ein Gedanke ist. Ich weiß es nicht.

Es hat natürlich noch andere Überlegungen gegeben, hauptsächlich religiöser Natur, aber alles nur Vermutungen. Viele haben natürlich jede Erwähnung der blauen Hügel vermieden. In den Jahren, die seit meiner Entdeckung der Höhlen vergangen sind, ist mir aufgefallen, daß sie sich Jahr für Jahr ein wenig nach Norden verschoben haben, obwohl die Wand, in die sie eingelassen sind, fest zu sein scheint. Ich bin anscheinend der einzige, dem das aufgefallen ist. Neulich war ich noch einmal hier, da waren die Höhlen nicht mehr da.

Gespräch

Da wirst du auf die Nase fallen.

Nein.

Kann ich dich was fragen? Wie willst du hier draußen zurechtkommen? Du hast gesagt, du bist einundsechzig. Du bist sehr rüstig, das sehe ich. Trotzdem, es bedeutet Wasser holen jeden Tag, Holz sammeln, Nahrung – wie lange wirst du, realistisch gerechnet, mit solchen begrenzten Ressourcen hier leben können? Von hier aus, wo wir sitzen, sehe ich nicht einmal einen Baum.

Hast du je eine Spinne ein Netz weben sehen? Der Faden tritt aus kleinen Löchlein direkt über ihrem Arsch aus. Er ist so dünn, daß du ihn kaum siehst. Sie baut eine Falle für die Fliegen in der Luft. Bevor das Netz fertig ist, bevor die Fliege gefangen ist, weiß die Fliege nichts von Netzen. Es ist, als ob Fliege und Netz nicht existierten. Die Fliege stirbt, sie wird gefressen, sie wird Material für ein neues Netz. Der Wind fegt das alte Netz weg.

Es kommt also darauf an, sich ruhig zu halten, an einem Ort zu bleiben?

Ja.

Zu warten. Soll man auf etwas warten, auf… was? Wartest du darauf, daß etwas erscheint?

Daß wer kommt? Meinst du was Geistiges?

Du wartest auf dich selbst.

Ich bin schon da.

Nein. Nicht wirklich. Du bist ausgezogen wie eine Schnur. Das Ende der Schnur ist hier, der Rest ist da und da, drüben in den Bergen, auf der andern Seite. Du mußt die Schnur aufwickeln, dich zu einem Ball zusammenrollen und dich dann hier draußen aufdröseln, wo du den Platz und das helle Licht hast, um den Zustand der Fäden zu studieren.

Wenn du die Schnur mal ganz ausgelegt hast, wenn du die morschen Stellen ausgebessert hast, wirst du bestimmte Punkte setzen. Zwischen diesen Punkten wirst du die Schnur ausspannen, bis du ein Netz gemacht hast, stark, sehr straff. Der Anhauch einer Brise am einen Ende wird am andern spürbar sein. Das Sonnenlicht wird abprallen, wenn es darauf trifft, wie von einem Trampolin. Das Sonnenlicht wird Saltos schlagen, und dann weißt du, daß du es gut gemacht hast. Dann horch auf den Wind. Den Ton des Windes auf den Fäden.

Ich muß dir was sagen. Ich halte das für Geschwätz.

Es ist Geschwätz, weil du Angst hast, deine Schnur könnte zu kurz sein. Du hast Angst, daß sie durchgescheuert ist, daß du sie ständig verknoten wirst, daß dein Netz klein und lächerlich sein wird.

Ich gebe nichts auf Metaphern.

Das sind keine Metaphern. Ich sag dir die Wahrheit.

Die Schule

Schauen Sie: an der Größe der Löcher können Sie die Größe der Kugeln abschätzen. Diese ganz kleinen, 22er. Die hier, diese Masse, 30-30er vielleicht. Da drüben... diese vielen im Fußboden. Elf. 44er Magnums, nehme ich an. Vielleicht eine 45er Automatik. Könnte sein, daß... wer es auch war, der diese Löcher im Boden gemacht hat, daß er auf etwas geschossen hat, eine Klapperschlange. Wir haben viele Klapperschlangen. Sie kriechen hier rein, um aus der Sonne zu kommen.

Diese ganzen verstreuten Löcher in den Wänden sind von Jägern. Sie kommen auf der Suche nach Coyoten und Kaninchen vorbei und schießen einfach drauflos, weil es das einzige Ziel weit und breit ist. Läßt sich unmöglich sagen, von was für Kugeln diese Löcher stammen, nur, ob die Schüsse von innen oder von außen kamen. Das da ist Schroteinschlag.

Hinten, wo die Küche war... hier... war dieser Herd. Mit Porzellanfront, Emailgriffen, vernickelter Umrandung. Man sieht noch, wie er mal war. Hier unten können Sie noch erkennen, wo jemand das Firmenschild abgemacht hat: sehen Sie, wie das Licht die Farbe des Metalls über die Jahre verändert hat? Schauen Sie mal, wie die Backofentür eingebeult ist, wie ein alter Mund. Das war eine Schrotflinte. Vier oder fünf Schüsse mit einer Schrotflinte.

Schauen Sie hier, wo sie die vernickelten Halter für den Brotwärmer weggemacht haben, einfach abgehämmert. Haben nicht mal einen Schraubenschlüssel oder einen Schraubenzieher genommen. Na ja – vielleicht kam gerade wer und hat sie verscheucht.

Hier, wo jetzt dieses Loch ist, war früher die Hintertür, eine Flügeltür aus Eiche. Ich erinnere mich noch an die dicken braunen Wimmern im Holz, schokoladenfarben und dicker als Fäuste. Der Messingbeschlag, wo der Schieber drüberging, und die Messingkantenriegel am zweiten Türflügel verliefen beide mit der Maserung des Rahmens. (Treten Sie nicht in den Hundehaufen da.) Diese Tür wurde 1921 aus dem Tal hergeschafft. Connie Whalens Vater, dem die Minen gehörten, hatte sie gekauft.

Hier waren die Flügelfenster drin. Wenn es heiß war, machten wir sie auf und die Vordertür auch, um Durchzug zu kriegen. Jedes Fenster hatte vierzehn Scheiben. Das war eine meiner Pflichten, die sauberzumachan. Draußen in den Goldastern liegt ein Teil von einem der Sprossenrahmen.

Dieses Hinterzimmer war die Abstellkammer, auch Miss Lamse hatte einige ihrer Sachen da. Hier stand ein Sofa und da drüben ein kleiner Teaktisch, den Miss Lamse eines Sommers aus San Francisco mitbrachte. Diese Putzwand wurde eingezogen, als der Bau schon fertig war – man sieht, daß es unsauber gemacht ist – schauen Sie dort, wo jemand den Putz abgekratzt hat, das Lattenwerk ist ganz schief. Das war, als ich in der vierten Klasse war, wegen einer Feuerschutzbestimmung oder so was.

Hier war natürlich eine Tür. Sie hatte eine Stahlklinke, die nachmittags immer heiß wurde, weil die Sonne so durch die Fenster drauf schien. Ich erinnere mich noch ganz genau. Die Angeln dermaßen eingefettet, daß sie kein Geräusch machten; aber die Hintertür quietschte. Überhaupt

– hier, schauen Sie: sogar die Fensterriegel sind weg. Ich wußte, daß sie die Scheiben zerschlagen und die Stöcke herausgebrochen haben (da drüben in der Ecke sehen Sie noch, wo sie mit einigen Stöcken Feuer gemacht haben), aber hier war jemand so eifrig, sogar die Riegel abzumachen. Na ja, vielleicht sind sie inzwischen was wert. Die Fenster wurden 1922 eingesetzt, im selben Jahr, in dem das Haus hingestellt wurde. Es ist alles von 1922, außer der Putzwand. (Schauen Sie mal, wie hart dieses Stück Hotdog ist.)

Ich weiß noch, wie Miss Lamse uns eines Morgens saubermachen ließ, bevor wir Weihnachten nach Hause gingen. Wir bearbeiteten die Pulte (sie waren hier, in Reihen, am Boden festgeschraubt); wir ölten das Holz, und die Jungs schrubbten den Fußboden – es war ein Hartholzboden, vielleicht Ahorn, das nicht, das war der Unterboden. Warten Sie, hier ist ein Stück vom alten Boden. Ich weiß nicht. Vielleicht war's Ahorn. Egal: Wir ölten die Pulte, und die Jungs machten den Fußboden, daß er schön war zu Weihnachten, und meine beste Freundin Janet Ribbe putzte die Vorderfenster, vier auf jeder Seite, da hörten wir Billy Wald im Hinterzimmer schreien. Jemand hatte fünf tote Ratten an einer Schnur in der Kammer da hinten aufgehängt und die Eingeweide über den ganzen Boden gesaut. Ich glaube, es war Tom Woodson, aber sicher haben wir das nie erfahren, weil Billy danach von der Schule ging. Er war kleiner als die andern Jungs, hatte Anämie oder so was. Ich machte mir immer Sorgen um ihn. Janet Ribbe schlug die Sache auf den Magen, und sie ging nach Hause. Die Jungs wischten auf und warfen alles ins Gebüsch. Zwei Jahre später etwa war es dann, daß Billy von seinem volltrunkenen Vater erschossen wurde.

Hier vorn war auch eine Flügeltür. Eiche wie die andere und genauso glänzend, aber die Schlösser und die Klinke waren aus Stahl, nicht Messing.

Ich weiß noch, das letzte Mal, wo ich hier war und es war noch ordentlich, war beim Schulabgang. Michael Peake und ich gingen beide im selben Jahr ab und wechselten nach Cooleg auf die Oberschule über. Damit blieben in dem Jahr noch neunzehn übrig. Die Klassen wurden immer kleiner, und zehn Jahre später etwa, ach, ich weiß nicht, vielleicht zwölf, gab es die letzte Klasse. Der Zinnober war mittlerweile abgebaut, und die Mine wurde geschlossen. Die meisten Leute zogen nach Cooley oder nach Pilot Rock, um in der Zementfabrik zu arbeiten.

Von da an stand das Haus leer. Mr. Boeken, der Bezirksschulrat, kam und holte die Glocke ab. Er wollte sie einer Schule im Osten vermachen, aber ich glaube, zum Schluß hat er sie an ein Museum verkauft. Vor sieben Jahren etwa warf jemand nachts ein Seil um das kleine Türmchen, wo die Glocke gehangen hatte, und zog es mit einem kleinen Laster oder so herunter. Zu dem Zeitpunkt waren schon jahrelang immer wieder Leute hergekommen, Kinder, die Steine warfen, Touristen von außerhalb. Ich weiß nicht, wo die Pulte hinkamen. Oder die Bücher. Miss Lamse hatte ungefähr fünfundsiebzig Bücher auf einem Bord an der Rückwand, die dablieben, als sie starb. Im Hauptraum stand ein Brennofen, der weg ist. Ich hoffe, jemand hat das Ahornholz vom Fußboden wiederverwendet. Mr. Whalen hat die Bretter zweihundert Meilen mit der Bahn heranschaffen lassen.

Wenn die Sonne heute nachmittag herumkommt, wird hier drin ein gräßlicher Geruch sein.

Ich komme manchmal und sehe zu, daß ich hier ausfege, den Müll verbrenne. Ich weiß nicht, wozu. Das letzte Mal war vor ungefähr fünf Jahren. Das Problem von Anfang an war, daß sie zu weit weg lag. Die Männer bauten sie auf halbem Weg zwischen der Stadt und den Minen, einunddreißig Meilen in beide Richtungen. Sie bohrten einen

Brunnen, da drüben, wo dieses verbogene Ding aus dem Boden kommt. Aber gewachsen ist hier nie etwas, nicht einmal, wenn wir pflanzten. (Schauen Sie mal, die Windhose da hinten in der Wüste, wie groß die ist.) In dieser trockenen Luft wird es ewig dauern, bis sie einstürzt. Die werden sie mit einem Laster oder so was einreißen müssen, sonst kriegen sie die nie weg.

Der Wind

Sie liegt auf der Seite im Staub; ihr Blick streicht über die Wölbung des Wüstenbodens. Sie schaut unter dem runden glänzenden Bauch einer Ameise hindurch; die Sonne schrillt in den Einschnitten des Ameisenkörpers, als ob er aus braunen undurchsichtigen Glasstücken zusammengesteckt wäre. Die Ameise wälzt ein weißes Granitkorn.

Der Granitkrümel ist halb so groß wie die Ameise; er hängt am Rand eines Erdspalts. Die Ameise schiebt den Felsblock über den Rand; die Frau wartet. Sie legt ihr Ohr fester auf die Erde. Sie hört, wie der Felsen auf den Grund des Spalts poltert. Sie sieht, wie die Ameise in die Ritze abtaucht und verschwindet. Sie lauscht. Sie hört nichts. Sie hört nicht, wie die Ameise zwischen den Wänden der Kluft nach unten klettert. Sie macht das zu vorsichtig.

Die Frau rollt sich auf den Rücken. Sie schließt die Augen und legt ihre Hände flach auf den Bauch und zieht die warme trockene Luft durch die Nase ein und läßt sie aus den Säcken ihrer Lungen ausströmen, bis sie steif an der Innenseite ihrer Rippen liegen und sie ein Kribbeln oben auf den Schenkeln spürt. Sie stellt sich vor, daß ihr Haar in die Spalten unter ihr gleitet, das lange glänzende schwarze Haar, daß es wie Quecksilber von selbst dahinrollt über den Salzstaub und in die Spalten hinunterwallt und sich unter der Erde verwebt, bis ihr Kopf dort festgebunden ist wie ein Fels unter einem Spinnennetz. Sie spürt eine einzelne Wasserperle auf ihrer Stirn. Sie rollt ihr über den Nasenrücken und über die Wange und verdunstet.

Sie spürt, wie die Luft sich wie Wasser um die Sohlen ihrer Füße schmiegt, spürt, wie sie ihre Beine hinaufspült und sich in der Magengrube sammelt, von wo sie durch die dunklen Haare wieder abläuft und sich zwischen ihren Schenkeln aufstaut, spürt, wie sie in Wirbeln über ihre Rippen hinaufströmt, über ihre Brüste brandet, in der Mulde ihrer Kehle liegt, über ihre Ohren emporfließt wie sich in ihrem Haar verwühlende Hände, seitlich am Bein hinauf, unter der Hüfte herum in den Rücken, wo ein Spalt zwischen ihr und der Erde ist, zurück über die Brust und weg, über den Arm, kribbel, Finger, streck, weg. Zungen aus Luft, einschlingendes Ringeln, Wasser, das trockenreibt, daß alle Poren ihres Fleisches sich zusammenziehen. Den Kopf auf die Seite gelegt sieht sie es noch über den Wüstenboden wischen, und weg.

Sie schließt die Augen und legt wieder ihre Hände auf den Bauch.

Die Ameise taucht aus der Tiefe auf, ihre Fühler filtern die Luft. Sie dreht sich um und zieht ein Beifußzweiglein aus dem Spalt. Sie setzt sich rückwärts in Bewegung, und die Spitzen des Zweigs scharren beim Ziehen im Staub. Das Geräusch macht die Frau hellwach, sie dreht sich um und schaut. Die Ameise zieht den Beifußzweig ruckweise, setzt an einem Felsblock einen Hebel an, sich hierhin und dahin drehend, bis sie den Zweig an der Kante einer anderen Spalte hat. Die Frau rollt sich auf die Seite, um ihr Ohr fest auf die weiße Erde zu pressen. Die Ameise gibt dem Zweig einen Stoß, und die Frau hört ihn poltern wie einen Baumstamm, der gegen die Wände eines Schiefercanyons schlägt und die Erde losbricht. Die Ameise taucht in die Ritze, und die Frau lauscht. Sie hört nichts.

Sie rollt sich auf den Bauch und legt ihre Hände flach auf die Erde und schließt die Augen. Sie spürt das Prickeln der verdunstenden Feuchtigkeit unten am Steiß. Das Licht liegt auf ihr, und sie spürt sein Gewicht auf ihren Beinen; sie spürt, wie die dünnen blonden Härchen auf ihren Armen es absorbieren. Ein Druck auf ihren Rippen. Über ihren Rücken nach oben, und die winzigen Härchen legen sich unter dem auftreffenden Gewicht um wie lichtschimmernder wogender Weizen. Sammelt sich in den Grübchen ihres Fleisches und spült über ihre Beine bis zu den Knöcheln und schwappt über die Fersen und über die Fußsohlen hinab und stößt gegen ihre Zehen. Weht ihr durchs Haar, hebt es vom Rücken ab und spült es ihr über die Schultern, flauscht es flimmernd im weißen Licht. Streicht um ihr Gesicht und spürbar im Augenwinkel und über die Nase davon, daß die Härchen auf ihren Wangen erzittern. Fährt zwischen ihren Brüsten durch und ist weg.

Sie öffnet die Augen. Sie spürt ihren Mundwinkel naß auf der Erde. Sie verschränkt die Arme über dem Rücken und stemmt den Körper gegen das Gewicht an. Sie rollt sich auf die Seite und zieht ihre Knie an. Die Sonne blinkt im Knick ihres Bauches. Die braune Warze ihrer weißen Brust ruht an einem Spalt in der Erde.

Die Ameise kämpft mit einer Samenhülse. Sie schaut ihr zu. Die Ameise zerrt den Samen in den Schatten eines grauen Steins und stemmt sich dagegen. Sie kann den Staubwirbel sehen, der sich über den Wüstenboden auf sie beide zuschlängelt. Er braucht lange, hält an und verschwindet, dann hebt er wieder an, bläst ächzend den Staub auf; die Sonne sinkt schon, ehe der Wirbel ankommt. Ganz plötzlich kommt er über den grauen Stein wie eine brechende Welle, schlägt den Samen aus dem Griff der Ameise in eine fremde Ritze und reißt die Ameise mit davon. Dann legt er sich. Er verflüchtigt sich. Er streift ihre Hüfte.

Die Frau kniet sich auf und sieht zu, wie die Sonne auf dem gezackten Grat der Berge balanciert. Sie zieht sich an.

Die Ameise taucht langsam aus einer Staubnische auf. Sie geht über die Wüste. Sie verschwindet in der Ritze, hinter dem Samen her.

Die Frau fährt sich mit den Fingern durchs Haar wie mit Kämmen und schüttelt es von ihrem Rücken los. Sie zieht eine Jacke an und schlingt sich die Arme um die Brust und spürt das Kribbeln auf ihren Schenkeln, dort wo die Sonne gelegen hat. Sie spreizt die Hände an einem Feuer aus kleinen Zweigen. Ihr Atem dunstet. Der Haarflausch zwischen ihren Beinen kringelt sich vor Wärme.

Sie schläft. Die Ameise taucht aus dem Spalt im Boden der Wüste auf. Sie hat den Samen. Das gelbe Licht des Vollmonds glitzert auf ihrem runden glatten Bauch.

Der Coyote und die Klapperschlange

Einmal war der Coyote auf Jagd, da traf er die Klapperschlange. Die Klapperschlange lag im Schatten eines Felsens am Rand der Wüste.

»Coyote, wo gehst du hin?«

»Jagen. Ich bin auf der Suche nach einem fetten Kaninchen. Was machst du?«

»Ich warte auf Mäuse.«

Der Coyote setzte sich auf einen Stein. Er füllte seinen Mund mit Luft, bis sich die Backen blähten, dann ließ er sie mit einem pfeifenden Seufzer aus einem Mundwinkel entweichen.

»Ich bin es langsam leid, immerzu etwas zu essen zu suchen, Klapperschlange. Ich vertue zuviel Zeit mit Jagen. Es gibt andere Sachen, zu denen ich Lust hätte.«

»Der Winter ist fast vorbei. Der Frühling kommt. Es wird jede Menge Kaninchen geben.«

»Willst du mir weismachen, dir ginge es gut? Ich sehe dich Tag für Tag auf Mäuse warten. Du fängst nichts. Siehst du nicht ein, daß das blödsinnig ist?«

»So ist es nun einmal.«

»Ach, ich habe keine Zeit für so ein dummes Herumgerede. Ich muß los.«

Der Coyote ging nur ein kleines Stück. Er bückte sich und hob eine Handvoll Steinchen auf und rollte sie in der

Hand hin und her. Er fing an, mit den Steinchen auf kleine Ziele zu werfen, als wartete er darauf, daß jemand vorbeikam oder etwas passierte. Er ging zurück zur Klapperschlange in ihrem Versteck.

»Klapperschlange, sag mal, hast du wirklich vor, so weiterzumachen, jahraus jahrein? Immer nur so, wie du es gesagt bekommst?«

»Wieso denn, Coyote?«

»Akasitah hat gesagt, wie wir leben sollen, daß der Coyote Kaninchen jagen wird, daß er von der Hand der Shisa sterben wird. Er hat gesagt, daß die Klapperschlange auf dem Boden leben wird, wo sie nichts sehen kann, und daß auch sie von der Hand der Shisa sterben wird. Wer sind die Shisa, daß ich Kaninchen jagen und in Fallen treten muß, als ob ich keine Augen hätte? Wer sind die Shisa, daß du mit Stöcken geschlagen wirst, wenn sie dich finden? Wir haben alles getan, wie Akasitah es gesagt hat. Aber Akasitah ist der Freund der Shisa. Er ist der Feind aller anderen.«

»Es ist genau andersrum, Coyote.«

»Klapperschlange, ich habe immer geglaubt, daß du die mit dem besten Durchblick wärst. Wenn die Zeiten sehr schlecht waren, hast du uns immer klargemacht, daß sie irgendwann wieder besser werden. Aber jetzt irrst du dich. Ich habe die Shisa beobachtet. Sie verändern sich. Sie sind schlimmer geworden. Ich habe dich beobachtet, wie du auf Mäuse wartest. Ich habe Kaninchen gesucht. Es gibt keine Kaninchen. Ich werde zu Akasitah gehen.«

Der Coyote warf die paar Steinchen, die er noch hatte, auf den Boden und ging.

»Dann sehen wir uns, wenn du zurückkommst«, sagte die Klapperschlange. Sie blickte dem Coyoten hinterher. Sie hielt nach Mäusen Ausschau.

Akasitah lebte in einer weißen Wolke auf dem Gipfel eines Berges, der aus der Wüste aufragte. Der Aufstieg war lang und sehr beschwerlich. Der Coyote zerschnitt sich die Füße an den Felsen und zerschnitt sich das Fleisch an den Händen. Als er oben ankam, fiel er erschöpft aufs Gesicht. Er rührte sich ganz lange nicht. Als er die Augen aufmachte, sah er, daß der Gipfel flach und mit Gras bedeckt war. Es war dichter als alles Gras, von dem er je gehört hatte. In der Mitte war ein See. Das Wasser war schwarz. Ein Otter lebte da.

Du bist gekommen, um mit Akasitah über eine neue Ordnung des Lebens zu sprechen, sagte der Otter. Der Coyote konnte ihn sehr gut verstehen, obwohl er weit weg am See stand und in die andere Richtung blickte. Zuerst mußt du dich reinigen, fuhr der Otter fort.

»Was soll ich machen?« fragte der Coyote, unsicher, ob er zu verstehen war.

Du mußt dir aus Reisern ein kleines Feuer machen und die ganze Nacht am Feuer sitzen und dich an alles in deinem Leben erinnern, was dir einfällt. Am Morgen, wenn du Akasitah im ersten Tageslicht erblickst, mußt du rasch sagen, was du zu sagen hast. Du kannst nicht ein andermal wiederkommen und es noch einmal sagen. Wenn du auch nur das kleinste bißchen Angst hast, wird Akasitah weggehen. Du wirst den Rest deiner Tage immerzu über die Schulter gucken und ein wenig hastig gehen. Wenn in deinem Herzen eine List sitzt, in Hochmut gehüllt, wird Akasitah dir die Mitte aller deiner Gedanken wegnehmen. Er wird dir nur die Enden lassen. Das sage ich dir, Coyote: Wenn du nicht weißt, weshalb du hier bist, geh nach Hause. Am Morgen wird es zu spät sein.

Der Coyote wußte nicht, was er davon halten sollte. Er wäre gern gegangen. So schlimm konnte es doch nicht sein, ein bißchen mit Akasitah reden, weiter nichts. Er dachte an den langen Aufstieg. Die Klapperschlange würde ihn auslachen. Er blieb.

Der Coyote sammelte Reisig und machte das Feuer. Die Nacht wurde kälter. Es ging kein Wind. Es wurde noch kälter. Das Feuer wärmte nicht und verbrannte kein Holz. Der Coyote kauerte sich zusammen, um nach Kräften warm zu bleiben. Und er dachte nach. Er dachte an alles, was er von den Shisa gesehen hatte. Er hatte ihre Städte von den Bergen im Süden der Wüste aus gesehen. Er konnte von diesen Bergen über die Krümmung der Erde hinausschauen. Er hatte gesehen, wie sich das Land unter der Hand der Shisa veränderte. Aber das war es nicht, was ihn bedrückte. In den alten Tagen hatten die Shisa gepflanzt, sie hatten wieder etwas hingetan. Jetzt pflanzten sie nichts, sie gaben nichts zurück. Mit jedem Winter gab es weniger Kaninchen. Von nichts konnte nichts kommen. Mit jedem Tag rückten die Shisa näher an die Wüste heran. Das konnte nicht ewig so weitergehen. Sie hatten es verändert. Sie hatten den Kreis zerbrochen und ihn gerade gemacht wie einen Stock.

Der Coyote betrachtete die Sterne. Er dachte an die Dinge in der Wüste. Er dachte an die Klapperschlange, wie sie auf Mäuse wartete.

Es fiel dem Coyoten schwer, sich in der Kälte zu konzentrieren, aber er dachte die ganze Nacht. Er besann sich des Tages, an dem die Shisa über die buschbewachsenen Hügel auf die Wüste zugetrabt gekommen waren. Sie kamen über das Flußbett, und es war voller Klapperschlangen. Sie kreischten und schlugen die Schlangen mit Stöcken tot. Noch als die Schlangen längst tot waren, schlugen sie auf sie ein und warfen sie weg, stießen sie mit Füßen ins Gebüsch. Einer von ihnen, der ein wenig klüger war, nahm das als Zeichen und führte die übrigen Shisa fort.

Er besann sich der Zeit, als die Shisa mit einer großen Maschine den heiligen Berg aufgerissen und das blaue Herz des Berges in Ketten weggebracht hatten. Damals zog er in die Wüste. Er wußte, es würde nur noch kurze Zeit dauern, bis sie kamen. Die Klugen waren tot. Noch ein Weilchen, und er würde in die Falle laufen müssen, als ob er keine Augen hätte. Das ist es, was Akasitah angeordnet hat. Am Morgen würde er Akasitah sagen, daß es nicht gut war.

Der Coyote schaute dem Feuer zu und lauschte der unbewegten Luft, die auf den Spitzen des dichten Grases lag, bis die Sonne aufging und die Luft sich hob.

Mit dem ersten Tageslicht brannte das Feuer aus, als ob es die untergehende Sonne wäre. Der Coyote blickte nach Westen auf den letzten Stern am schwarzen Himmel, nach Norden auf Akasitahs weiße Wolke, auf die roten Berge im Osten und nach Süden, wo er im gelben Licht das Zeichen eines guten Tages sah.

Der Otter stand weit weg am Rand des Sees. Ein Wind kam auf und kräuselte das Wasser. Der Coyote beobachtete ihn, aber der Otter rührte sich nicht. Schließlich sagte der Otter: Geh ein Stückchen nach Norden und warte.

Akasitah war da. Der Coyote spürte die warme Stelle im Wind. Er fing an zu sprechen.

»Akasitah, ich bin gekommen, um dich zu bitten, deinen Sinn zu ändern. Unten herrscht Chaos wegen der Shisa. In einer Weile wird nirgends mehr Zuflucht sein. Die Shisa werden mich und alle meine Freunde, sogar die Berge, beseitigt haben. Es heißt, du seist klug und gerecht. Wie geht das zu, daß es mit den Shisa so weit gekommen ist? Muß ich für die Shisa immer ein Coyote sein? Kann ich nicht sein, wer ich bin? Ich bitte dich, die Dinge zu ändern. Mach, daß ich den Fallen entkomme. Mach, daß die Klapperschlange vom Boden hochkommt, damit sie sieht, wenn etwas kommt. Mach, daß diese Dinge geschehen, oder es wird uns nicht mehr geben. Es wird nichts übrigbleiben. Die Shisa werden sogar die Wüste nehmen.«

Es gab eine Öffnung im Wind.

Coyote, du siehst wie ein Mann mit nur einem Auge. Die Shisa sind wie ein großer Felsblock, der von der Flanke eines Berges losgebrochen ist. Der Felsblock macht einen großen Lärm auf seinem Weg die Flanke des Berges hinunter. Er reißt große Brocken Erde und Gestein mit und knickt die Bäume wie Zweige, er wirbelt eine Staubwolke zur Sonne auf, und du fürchtest um dein Leben. Es gibt keinen Grund, sich zu fürchten. Es scheint dir nur so, weil du die Welt nie ohne die Shisa gekannt hast. Du hast dein Leben unter dem Felsblock verbracht. Ich verstehe deine Furcht.

Einst gab es gar keine Shisa. Als Stah-mi-atlosan mich hierhersandte, fand ich die Shisa vor dem Morgengrauen im Innern der Blumen gefangen. Sie baten, freigelassen zu werden, und ich setzte die Sonne an den Himmel und ließ sie frei. Den Rest kennst du. Das sage ich dir, Coyote: Sie sind wie ein vom Berg abgefallener Felsblock. Bald werden sie am Fuß des Berges auf die Erde schlagen und in die Wüste hinausrollen, daß nur eine kleine Spur im Staub zurückbleibt. Der Felsblock wird ausrollen. Du kannst des Nachts darauf schlafen. Sorge dich nicht. Geh.

»Akasitah!« rief der Coyote. Die warme Stelle im Wind war fort. Der Otter war fort. Es war still. Der Coyote brauchte den ganzen restlichen Tag, um zum Fuß des Berges zu gelangen.

Als er in die Wüste kam, fand er die Klapperschlange am selben Fleck, und obwohl es mitten in der Nacht war, ließ er sich nieder und erzählte alles, was sich zugetragen hatte, und fragte die Klapperschlange nach ihrer Meinung.

»Er hat dir alles gesagt, was es zu wissen gibt«, sagte die Klapperschlange nach einer Weile.

»Mir ist es immer noch nicht klar.«

»Es ist so«, sagte die Klapperschlange. »Die Shisa sind so groß geworden, daß sie auf sich selbst zurückschlagen. Sie sind wie ein umgedrehtes Gewitter geworden, das Blitze in sich selbst hineinschleudert, bis es ganz klein ist, und dann ist nichts mehr.«

»Wie kannst du so sicher sein?«

»Du mußt hinschauen, Coyote. Du bist immerzu irgendwohin unterwegs; deshalb verstehst du nichts. Wenn das Gewitter über die Hügel auf die Wüste zukommt, schau, wie es sich in nichts auflöst. Es zieht über die Wüste wie ein Lüftlein. Diese Dinge sind überall, Coyote, wenn du nur die Augen aufmachst.«

Der Coyote stand auf und ging ein Stück und blieb stehen.

»Wohin gehst du, Coyote?«

»Ich gehe Kaninchen jagen.«

Der Coyote ging auf den höchsten Hügel, den er finden konnte, und setzte sich mit dem Rücken an einen Felsen. Er spähte über den Horizont nach einer Wolke, und als er eine entdeckte, lehnte er sich zurück, um zu warten.

Er fragte sich, ob die Klapperschlange je gelogen hatte.

Wegbeschreibung

Ich will dir sagen, wie du dort hinkommst, damit du dies alles selber sehen kannst. Doch zuerst eine Warnung: Vielleicht bist du schon irgendwie an eine genaue Wegbeschreibung gekommen, eine Landkarte, die jeden Strauch und jeden Stein deutlich angibt und die mäandernden Läufe trockener Flüsse und andere Züge der Landschaft zeigt, mit gestrichelten Linien als Hinweis noch auf den dürftigsten Fußpfad. Vielleicht stehen am Rand auch Warnungen in kleinen roten Buchstaben: vor Wasserknappheit, der Stärke des Windes und der Schnelligkeit der Klapperschlangen. Dein Vertrauen auf diese haarklein gezeichneten Landkarten ist verständlich, denn auf den ersten Blick scheinen sie hervorragend zu sein, das menschenmöglich Beste; doch dein Vertrauen ist nicht gerechtfertigt. Wirf sie weg. Es sind die falschen Karten. Sie sind zu dünn. Es sind keine Karten, denen ein Mann folgen kann, der weiß, was er tut. Der Coyote, selbst die Krähe würden sie mit Argwohn beäugen.

Zweifelhaft, da muß ich dich warnen, ist auch die Wegbeschreibung, die ich dir hier gebe, aber es ist die allerbeste, die zu haben ist. Sie wird nicht leicht zu befolgen sein. Wo es links heißt, mußt du manchmal rechts gehen. Lies manchmal Süd, wo Nord steht. Es hängt ein wenig davon ab, wo du herkommst, aber nicht unbedingt. Wie gesagt, du wirst Zweifel haben. Wenn du dein Bestes tust, wirst du keine Probleme haben.

(Wenn du anlangst, könnte es sein, daß du dir selbst eine Karte zeichnen willst, für spätere Gelegenheiten. Das ist die einzige Karte, der du je trauen wirst. Sie besteht womöglich nur aus ein paar hastig hingeworfenen Strichen. Du brauchst sie nicht in deinem Schreibtisch zu verstekken, an die Rückseite einer Schublade geheftet. Das ist witzlos. Aber laß sie nicht offen herumliegen, weil du meinst, keiner könnte erkennen, was es ist. Man wird sie für Gekritzel halten und in den Papierkorb werfen, oder ein Freund wird sie eines Abends während eines Gesprächs sorgfältig zusammenfalten und gedankenverloren in kleine Stücke reißen. Du solltest vielleicht nur ein paar Zahlen in eine Ecke eines Stücks Papier schreiben und sie unterstreichen. Wenn du versuchst, einen Platz dafür zu finden – einen Platz, der nicht zu offensichtlich ist, nicht so gut versteckt, daß es Verdacht erregt –, wirst du langsam einsehen, daß es müßig ist, Landkarten zu zeichnen. In dem Fall ist es am besten, wenn du ohne eine auskommst, allerdings wirst du feststellen, daß deine Karte, einmal gezeichnet, so schwer loszulassen ist wie ein unvollendetes Gedicht.)

Fahr zuerst Richtung Norden nach Tate. Fahr im Herbst. Warte im Busbahnhof auf einen alten Mann mit kurzen weißen Haaren und einem blauen Hemd und Khakihosen, der in einem Trailways-Bus aus Lanner kommt. Du kannst ihn nicht verfehlen. Er wird der einzige in dem Bus sein.

Nimm ihn beiseite und frage ihn, ob er gerade aus Molnar gekommen ist. Gib deinen Worten einen ernsten Ton, als schwante dir irgendein Unheil da hinten in Molnar. Er wird dich lange anschauen, ohne ein Wort zu sagen. Dann wird er kurz lachen und dir sagen, er sei in Galen zugestiegen, zwei Ortschaften vor Molnar.

Er heißt Leon. Lade ihn zum Kaffee ein. Sag ihm, du seist ein Reporter bei einer kleinen Zeitung in North Dakota, du seist auf der Suche nach einer berühmten Wüste, die irgendwo westlich von Tate liegen soll, ein Ort, wo noch nie irgend etwas los gewesen ist. Sag ihm, du wolltest dir den Ort selber einmal anschauen.

Wenn er dir glaubt, wird er lächeln und nicken und dir auf eine weiße Papierserviette eine Kartenskizze machen. Gib acht. Die Serviette wird unter dem Druck seines stumpfen Bleistifts reißen, und die Striche, die er zeichnet, sind womöglich völlig bedeutungslos. Worauf du achten mußt, sind seine Worte. Er wird sehr selbstsicher wirken, und du wirst ein großes Vertrauen zwischen euch spüren. Du wirst vielleicht nie wieder eine Landkarte so gut erzählt bekommen. Seine Beschreibung wird von einer solchen Klarheit sein, daß es scheint, als legte er klare Glassplitter in der Nachmittagssonne auf schwarzen Samt. Trotzdem wird es dir schwer werden, dich zu erinnern, vor allem an die genaue Länge der diversen Schatten zu den verschiedenen Tageszeiten. Hör zu, wie du noch nie zugehört hast. Seine Angaben werden die allerbesten sein, die er unter den Umständen machen kann.

Vielleicht bist du mir einen Schritt voraus. Dann muß ich dir eins sagen: Ein Kassettenrekorder wird dir nichts nützen. Er wird mißtrauisch werden und nicht reden, dir erklären, daß sein Bus gleich fährt, und gehen. Oder er wird dir einen Weg beschreiben, auf dem du in den Tod gehst. Mach dir Notizen, wenn du willst. Dann nimm die Serviette und bedanke dich und geh.

Du wirst drei oder vier Tage brauchen, um alles zu befolgen. Das letzte Stück mußt du zu Fuß gehen. Bereite dich darauf vor. Bereite dich vor auf den Schock des Nichts. Steig um auf eine Diät aus Tee, Zwieback und Dörrobst. Am dritten oder vierten Tag, wenn du schon aufgeben willst, wirst du wissen, daß du auf dem richtigen Weg bist. Wenn deine Kehle so voll Staub ist, daß du nicht atmen kannst, bist du beinahe halb da. Wenn deine Fußsohlen vor Brennen gefühllos werden und du nicht mehr gehen kannst, wirst du wissen, daß du nirgendwo falsch gegangen bist. Wenn du gar nicht mehr lachen kannst, ist es nur noch ein kleines Stück. Halte durch.

Es wird nicht so leicht sein, wie es sich anhört. Wenn du meilenweit bis zum Ende eines Canyons gegangen bist und jetzt ohne Kletterseil, ohne Steighaken, ohne jemand, der dich sichern könnte, vor der Wand stehst, mußt du dir etwas einfallen lassen. Wenn der Staub ein Loch in deine Wasserflasche frißt und sie lautlos ausläuft, wirst du dich hinsetzen und die Gegend nach einer Stelle absuchen müssen, wo du nach Wasser graben willst. Wenn du morgens aufwachst und feststellst, daß eine Klapperschlange sich auf deiner Brust eingerollt hat, um in den Genuß deiner Wärme zu kommen, wirst du dich schnell bewegen oder die Sonnenwärme abwarten müssen.

Eins wirst du immer wissen: Andere haben es geschafft. Der Mann, der dir die Landkarte gegeben hat, ist hier gewesen. Er wohnt jetzt in einer freundlichen Kleinstadt von nur zehntausend Seelen. Es gibt keine großen Gebäude, und die Straßen sind mit Ahornbäumen und im Frühling mit bunter Blumenpracht gesäumt. Es gibt eine gute Eisenwarenhandlung. Etliche Leute haben Gemüsegärten – Stangenbohnen und knackigen Sellerie, Karotten, Erdbeeren, Wasserkresse und Petersilie und Zuckermais – hinterm Haus. Das Wetter ist gemischt und ausgezeichnet. Leon hat viele Freunde, und er genießt das Leben. Mit dem Trailways-Bus fährt er spätabends, wenn ihm ein Sitzplatz sicher ist. Mit nur einer Serviette und einem abgebrochenen Bleistift kann er eine sehr gute Landkarte zeichnen. Er weiß, wie man Unnötiges vermeidet.

Am Fluß

Der Tanz der Reiher

für Sandy

Einführung

Ich bin erschöpft. Ich stehe hier seit Tagen und sehe zu, wie der Ozean am Strand ausrollt, und bin im Laufe all dieser Stunden ganz allmählich auf den Sand gesunken, wo ich jetzt liege, zermürbt vom Warten. In bestimmten Augenblicken, meistens früh am Morgen, vor Sonnenaufgang, weiß ich genau, weswegen ich auf das Wasser schaue – aber zu dieser Stunde gibt es kein Licht, man sieht kaum etwas, und so vergeht der Augenblick ohne Vergewisserung.

Ich finde das nicht grausam und bin auch nicht entmutigt. Ich bin einfach zu lange hier.

In den vormorgendlichen Stunden beobachte ich den Himmel, sehe, da der Winter naht, die kleinen fernen Sonnen des Orion und des Großen Hundes über dem südlichen Horizont leuchten. Ich kann mir leicht einen Planeten unter ihnen vorstellen, auf dessen Oberfläche jemand allein auf einer Lichtung steht und Pfeifen übt und dabei von großen Vögeln beobachtet wird, die wie Reiher aussehen. (Ich fange an, im Sand zu graben, will Greifbares ertasten, Steine in der Erde, um mich dran festzuhalten: Ich könnte plötzlich gewichtlos werden, in der leichten Brise, die jetzt mein Haar durchwühlt, davongeweht werden wie die Brustfeder einer Ente.)

Ich stehe wieder auf, zu neuer Wacht. Ich weiß, wonach ich Ausschau halte. Ich warte.

Ich weiß nicht, was tun mit der Müdigkeit, mit der Erschöpfung. Ich gestehe, daß ich mir selbst bisweilen etwas vormache. Ich habe mir vorgestellt, wie gelangweilt oder besiegt wegzugehen und dennoch auf irgendeine Weise genug von mir zurückzulassen, um jedes Zeichen zu bemerken, die kleinste Veränderung. Ich bot einem eventuellen Beobachter das Bild, in ein Spiel mit Fadenfiguren zwischen meinen Fingern vertieft zu sein, unachtsam, während ich in Wirklichkeit auf den Herzschlag von Fischen hinter der Brandung lauschte. Doch diese Finten haben nur meine Müdigkeit verstärkt und erschienen mir letztlich respektlos.

Ich bin, glaube ich, schon seit Jahren hier. Nächtelang habe ich mit den Händen flach auf dem Sand die Körner erspürt wie Blindenschrift, bis ich das Muster genau hatte, imstande gewesen wäre, überall hinzugehen – an die Küste von Afrika – und das gleiche Stück Strand nachzubilden, bis hin zum Geräusch des Wassers auf den Meereskieseln aus dem Geräusch meines Bauchs, der seit Jahren leer ist; bis hin zum Wallen des Windes durch das Zitternlassen meiner Schenkelmuskeln. Replikationen. Wenn ich wollte, würdest du glauben, du hörtest Strandläufer in der Dunkelheit am Saum einer ausgelaufenen Welle gehen oder ein Geräusch, daß du weinen müßtest bei dem Gedanken, was dir einst durch die Finger glitt. Wenn die Gezeiten und der Wind und das Trippeln von Lebewesen diese endlosen Sandkörner umschichten, so daß ich diese Oberfläche wieder ganz von vorn mit den Handflächen erlernen muß, tu ich's. Das ist eine meiner Sicherheiten.

Lange bin ich einfach nur gegangen.

Einmal konzentrierte ich mich ganz fest darauf, geräuschlos den Strand hinunterzugehen. Ich ahnte es voraus, wenn einzelne Sandkörner ihren Halt verloren und in

Vertiefungen stürzten, und in dem Augenblick trat ich auf, so daß meine Schritte kaschiert waren. Ich hatte das Bild, zwischen diesen Schritten so still zu sein wie Steinstufen, aber gespannt, wie der Reiher auf Jagd. Auf diese Weise wurde ich schließlich sogar mir selber unbekannt (den Blick aufs Meer hinaus gerichtet, bis ein Schwarm Seeschwalben vorbei war). Dann konnte ich mich selbst betrachten, als ob ich eine leere Seeohrschale in meiner eigenen Hand wäre und mich in den Wind hielte, um zu sehen, was für ein Geräusch ich machte. Ich kannte den Ton – den Ton träumender Fische, Dämmerlicht in einem stillen Becken unter Felsen in einem Gebirgsfluß.

Ich träumte, ich wäre ein Lachs, und lauschte in meinen Träumen auf das Geräusch des Wassers, und kehrte so zurück, bewegte mich in der kühlen Abendluft geräuschgetarnt den Strand hinunter (über eine weite Fläche graugestreiften Carrara-Marmors, nackt) den Strand hinunter (straff die Haut, jeder Muskel so glatt und fest unter der Haut ausgeformt wie Marmor) still wie Schneefall.

Es gibt Vögel hier.

Vögel erfüllen mein Herz mit einer unendlichen Wehmut, einer Wehmut, die so tief ist, daß ich beim ersten Tageslicht, wenn ich wie Schilfgras, das im Herbstwind raschelt, zittere, nicht weiß, ob es von der Kälte ist oder von dieser Wehmut, ob ich überhaupt zu solchem Mitgefühl fähig bin. Ich glaube schon, ja, bin ich.

An einem regnerischen Wintermorgen stand ich bei Tagesanbruch mit hoch erhobenen Armen unter grauen Wolken, in meinen leichten Baumwollsachen triefend in dem vertrauten Ritual, und starrte auf den Sand zu meinen Füßen, wollte gerade ein Gebet entstehen lassen, da fühlte ich Vögel mich anfliegen. Ich fühlte zuerst das Flattern von Goldregenpfeifern an meinem Kopf, dann Schwarzkopf-

Steinwälzer sacht wie Schmetterlinge auf meinen Armen landen und Thorshühnchen mit ihren wilden arktischen Gesichtern gegen den Wind anschlagen, mit ihrem nadelscharfen Griff in meine Schultern stechen. Den jähen Wind, den sie machten, das steife Streifen ihrer Schwingen, die fremden Stimmen – Alken auf meinen Armen landen, zwinkern, mit gelben Augen zwinkern, Sanderlinge, Regenbrachvögel und Säbelschnäbler mir in die Seiten springen. Unter ihnen, unter schweren Eiderenten, unter dem Gewicht ihres flatternden Flehens, ging ich langsam zu Boden. Als ich auf den Knien war, fühlte ich einen solchen Schmerz, wie er unausgesprochen in den Herzen weit ziehender Vögel liegen muß, auf deren zarten Knochen das Gewicht von Gesichtern lastet.

Unter den wilden, erdrückenden Flügelschlägeln erinnerte ich mich der Vögel meiner Kindheit. Ich hatte eine Wanderdrossel mit einem Stein totgeworfen. Ich fand den Namen »kittiwake« für die Dreizehenmöwe sehr lustig. Am Nachmittag des Tages, an dem meine Mutter gestorben war, lag ich auf meinem Bett und überlegte, ob ich wohl ihre kleine Teakholztruhe mit den schönen Messingbeschlägen und dem silbernen Vorhängeschloß bekommen würde. In kaltem Gegensatz zu meiner aufgesetzten Trauermiene gierte ich nach ihrem Besitz. Auf einmal fühlte ich mich beobachtet, rollte mich herum und sah durch das Fenster Spatzen mich anstarren und, als unsere Blicke sich trafen, wie eine Schrotladung explodieren und weg.

Als ich aufwachte, war der Himmel klar. In der feuchten Seeluft konnte ich Zedernpollen riechen. Ich wusch mich in einem Süßwasserbecken, wo ein Fluß zwischen den Küstenbäumen hervortrat, über den Strand floß und sich in die Brecher einwühlte. Ich zog am Rand des Beckens Talumwurzeln heraus, zerquetschte sie an dem rohen Stein

74

zu einer Art Seife und fing an, mich zu waschen. Ich wusch mir die Asche vom Feuer der vergangenen Nacht von den Händen und wusch mir die Furcht vor der Dunkelheit ab, die sich jetzt, wo ich allein und ungeschützt an dem breiten Strand schlief, meiner bemächtigte. Ich ging weiter und tiefer in den Fluß, schrubbte, bis in dem kalten Wasser Schaum kam und meine Haut vor Kälte und vom Scheuern schrie, mit den Bewegungen eines Mannes, der kräftig und gut allein tanzen kann.

So fing ich jeden Tag an, als ob er der letzte wäre. Ich weiß, die letzten Tage werden hier sein, wo die Sonne in den Ozean läuft, und in einer Bewegung von Seevögeln werde ich sehen und im Schlagen des Wassers gegen die Erde hören, was ich mir jetzt nur vorstelle, daß der Ozean eine Traurigkeit noch über die Traurigkeit der Vögel hinaus birgt, daß in dem Fließen von Flüssen in ihn hinein das Weinen der Erde um das west, was verloren ist.

Am Abend, wenn die Bestätigung dieser Gedanken abermals vorenthalten scheint, überlege ich mir, wieder flußauf zu gehen, oder einen andern Fluß als diesen hinauf, um von vorn anzufangen.

Ich will dir etwas sagen. Es ist der Gedanke an die Ufer des Flusses, auf den ich am häufigsten zurückkomme, ihr wortloses Zutagetreten in einem Quellgebiet, die Führung, die sie dem Lauf des Flusses auferlegen, Meile für Meile, und ihr Verschwinden hier am Strand, wenn der Fluß in den Ozean eingeht. Es kommt mir so vor, als würde der Fluß ganz am Ende sich selbst überlassen, als würden kurz vor seinem Ziel die Ränder völlig verschwinden, als würde in diesem Augenblick ein ganzes Leben offenbart.

Kann sein, daß ich mich irre. Es gibt nicht sehr viel, worüber sich mit Bestimmtheit etwas sagen ließe.

Es wird den Rest des Tages nicht regnen. Leg dich hier

hin und schlafe. Wenn du aufwachst, wirst du das Ziehen warmer Winde spüren und dich wegwünschen. Ich werde irgendwo am Strand stehen und auf die Brecher oder auf die Pirouetten der Sanderlinge starren, über das ferne Murmeln der Wale meditieren; aber ich kann mich ebenso leicht landeinwärts wenden, flußauf gehen und von vorn anfangen.

Wenn du nach dem Aufwachen dem Fluß in die Bäume folgst, werde ich irgendwo voraus sein, weiter, wie ein Schwarm Krähen. Wenn dich plötzlich Mitleid überfällt, daß du in die Knie gehst und dann losläufst, das Ufer entlang, in einem Augenblick, wo deine Finger die weiche Haut einer wilden Orchidee streifen und du die sonnengebadeten Bären im offenen Gelände ausgestreckt liegen siehst wie junge Männer, wirst du merken, wie alles Falsche abfällt und daß die Fahrt begonnen hat.

Die Suche nach dem Reiher

Ich sehe dich auf der andern Seite des Flusses am Rand gewohnter Schatten stehen, vor einem entsetzten Chor junger Erlen am Ufer. Du weißt glaube ich nicht, daß es regnet. Du merkst das Tack der Tropfen gar nicht, die den Bogen deines Halses und die Böschung deines Rückens hinunterkullern. (Droben, in den windbewegten Zedern, sammeln sich Tropfen an den Spitzen lederiger Nadeln, lösen sich, werden von der Brise abgetrieben und treffen, tack, die hohlknochigen, rötlichen Schultern des Vogels und vergehen im Fluß.)

Vielleicht weißt du ja, daß es regnet. Die Starre deines Blicks ist dann nicht Allvergessenheit, nur das Bemühen, zwischen den Regenspritzern im Fluß (vorbei an deinen wohlbekannten Füßen dort unter der zernadelten Oberfläche, Zweigen gleich in den Steinen) Forellenbewegungen zu erspähen.

Ich weiß: unergründlich sein ist deine Art. Bohrt man nach, gehst du weg. Das ist nicht unerwarteter oder geheimnisvoller, als daß du Schatten machst. Oder Stille. Ich schaue von fern zu. Mit Respekt. Ich denke mir, neben dir zu stehen, wenn du an deinem eigenen Brüten über dem Wasser gestorben bist – erschüttert, wie ich es beim Einsturz einer Kathedrale wäre, tief innerlich zusammenzuckend wie beim Kreischen eines überladenen Karrens.

Nachreden nimmst du gelassen, äußerst dich nicht dazu. Mit deinen am Hinterkopf abstehenden Kriegerfedern, den wie ein Schild deine Brust deckenden weißen Puderdunen, deinem graublauen Rock, den dunklen Schwanzfedern – trägst du Wolfsschwänze um die Knöchel und tanzt auf Waldlichtungen, wenn dein Blut kocht? Ich frage mich, wo du gekämpft hast, Krieger. Wo!

Du vergräbst dich in deine Kapuze, breitest die Flügel aus, steigst auf, schwebst still wie Winterbäume flußaufwärts.

Ich folge dir. Du hast mich gefangen mit deiner Verschwiegenheit. Ich werde mir alles anhören, was man über dich erzählt, was irgend jemand, der dich gesehen hat, mitteilen möchte – und ich werde zurückkehren, um dir über den Fluß zuzurufen, daß du ja oder nein sagst. Wenn du nichts sagen willst, werde ich mir überlegen müssen, dich zu erfinden.

Dein Seufzen, erzählt man, ist wie der Ton von Regenschlag auf Turmglocken. Du riechst nach Haselwurz. Wenn du den Fuß aus dem Fluß ziehst, läuft kein Wasser ab und zerstört die durchsichtige Oberfläche dort im Seichten. Das Wasser hütet sich, dich zu beleidigen. Du starrst, erzählt man, mit deinem großen gelben Auge nach unten wie eine prähistorische Klapperschlange: so gefährlich, so tödlich in deinem Zustoß, so haßerfüllt. Aber (hat jemand anders beteuert) du riechst tatsächlich nach Haselwurz, und Schlangen riechen nach Gurken. Eine falsche Fährte.

Die Cottonwoods am Fluß, von deinem weißen Kot besudelt, sind jung genug, um gegen dich Klage zu führen. Sie sind mit so wenig Mühe so schnell und so hoch gewachsen, daß sie weder Scheitern noch Sieg ermessen können. Sie werden daher alles sagen, was ihrer Meinung nach zu ihrem Vorteil sein könnte. Ich, nach einem etwas schwereren Leben, bin mir darüber im klaren, daß sie lügen werden und daß Lügen ihrer Art zustatten kommen.

(Es war einer von ihnen, der mir erzählte, du seist gnadenlos und wie eine Schlange.) Einer von ihnen sagte etwas über deinen fischigen Atem – pöbelhaftes Gerede, ich weiß. Aber ich habe es mir angehört. Schließlich sind es ihre Äste, in denen du des Nachts, regungslos wie ein Stück totes Holz in ihrem Gezweig, geträumt und über dein Seelenleben nachgesonnen hast. Dieser Gedanke reizt mich. Ich weiß: Solche Nachstellungen bleiben nicht ungestraft, aber ich tue es nicht, um dir zu schmeicheln. Und trotz meiner Ungeduld bin ich respektvoll.

Ein Traum allein offenbart deinen Gram. Die Bäume sagten, du träumtest am häufigsten vom Wind. Du träumtest, daß du irgendwo mit dem Wind lebtest, mit dem deine Federn kräuselnden Wind; und daß daraus Kinder entstünden, daß sie die Bewegung des Wassers in allen Flüssen seien. Du watest, soll das heißen, starren Blicks unter deinen Kindern einher und pickst wie der Blitz dein Leben aus dem Wasser, das dein Kind ist; und schläfst in Bäumen, die dich nicht heilig halten.

Ich weiß, warum du so grimmig und erhaben wirkst. Ich kann mir die Furcht in Gestalt eines Froschs vorstellen, der in deinem Schnabel schreit, und dich: ungerührt, kühl. Wenn du dich schließlich äußerst, um ahnungslos zu tun, wird das bei mir nicht verfangen; Rätselreden, Ablenkungsgeschichten vom Ursprung des Universums – sie werden nicht verfangen. Ich erwarte von dir die Weisheit der Wüste.

Die Cottonwoods erzählten mir auch von einem Tanz, daß du von einem Tanz geträumt hättest: über hundert Graureiher im Frühlicht, stocksteif mit windgeriffelten Federn auf breiten graugesprenkelten Granitplatten, vom

Fluß gewaschenem Grundgestein, scharf umrissen vom Hintergrundlicht, die schlanken Schnäbel glitzernd, hoben langsam ihre Füße aus der dünnen Wasserschicht und setzten sie wieder nieder. Das Geräusch des rhythmischen Platschens, das feine Plitschplatsch der Hunderte von Füßen, fiel ein in das Geräusch des Wassers und ging zunächst darin unter; doch die in dem schneidenden Licht aufblendenden Wassersprengsel (und jetzt die Stimmen, himmelan, ein Klagesang) begannen, einen Dunstschleier zu bilden, in dem vor den weißen weichen Brustpartien Regenbogen erschienen; und hier, wo Wassertropfen wie Quecksilberperlen an den blaugrauen Federn zusammenliefen, kleine Lichtregenbogen und in den Augen (während die Stimmen, lauter, sich in einem hohen, tremolierenden Ton sammelten) Regenbogen – die Vögel wie umfangen von überall in Regenbogen zersplittertem Licht, und du mit deinen großen blauen Flügeln hast diesen leuchtenden Dunstschleier aufgewedelt, offen, ganz und gar ungeschützt und herrlich, und sie so aufgefordert, mit ausgespannten Flügeln in dem Licht zu kreisen, und hast deinen Kopf zurückgelegt und die stahligen Augen geschlossen, und tief aus deinem Bauch kam das Dröhnen eines Wasserfalls, wie Wolfsgeheul – in jener langen Spanne deiner trauervollen Stimme. Die Vögel verstummten, ihre Stimmen verstummten. Das Wasser verstummte, es verstummte, bis nur noch deine bebende Stimme zu hören war, der Ton der Geburt von Flüssen, und endlich in Stille ausklang, in den Ton der Morgenröte, während die Vögel voll Anmut dastanden. Eine oder zwei Federn auf dem Wasser schwimmen.

Es ist mir klar, daß es taktlos ist, weiter nachzubohren, aber jetzt wird dein Schweigen natürlich nur noch quälender.

Ich glaube, eines Tages werden wir zusammen tanzen.

Muß ich davor eine Forelle gewesen sein, Narben von deinen Fehlstößen haben und damit ein tieferes Wissen? Werden wir dann tanzen? Ich kann nicht glauben, daß wissen, was zu tun ist, und es tun so weit auseinanderliegt.

Die Cottonwoods, diese allzu jungen Bäume, erzählten, vor langer Zeit hättest du einmal einen furchtbaren Wahrtraum gehabt. Eine riesige Eule kam, während du schliefst, und entführte deine Tochter in der Zwinge ihrer grauen Fäuste. Du bist mitten in der Nacht kerzengerade aufgeschreckt, aber sie war da, saß unbehelligt neben dir. Du hast deine Federn gelüftet, in die mondstille Weite über dem Wasser geschaut und bist unruhig wieder eingeschlafen. Am Morgen – dein erster Blick – war der Ast leer. Du warst jung, du hattest schon eine Frau verloren, und du bist zum Fluß hinab und hast dir die Federn ausgerissen und geweint. Die Lautlosigkeit war es, womit du nicht fertig werden konntest.

Die Cottonwoods sagten, es gäbe noch mehr, aber ich hob die Hand, müde, genervt vom Klang meiner eigenen immerzu fragenden Stimme. Ich ging in die Bäume und wollte, dachte ich, weinen um das, was verloren war, spürte, wie wenig ich wußte, wie übereifrig ich war, wie jung.

Die großen Ahornbäume, auf denen du seither schläfst – ich entschloß mich, sie nach deinen Träumen zu befragen. Nein; keine Auskunft. Ich kletterte in ihr Geäst, bat inständig. Sie blieben stumm. Ich war erbost und führte mich auf wie ein Irrer, schlug mit meinen Fäusten auf die Stämme und schrie: »Erzählt mir von dem Vogel! Es ist doch bloß ein Vogel!«

Daß ich deine Träume erfahren hatte, war zuviel für mich. Welch heiligen Frevel hatte ich begangen.

Als ich meine Fassung wiederhatte, entschuldigte ich

mich, legte sacht die Finger auf die Ahornstämme. Als ich ging, streifte mir ein Wind die Blätter eines niedrigen Astes ans Gesicht, und ich war verlegen, denn ich hatte auf ein Zeichen des Verstehens gewartet. Ich ging weiter, achtsam jetzt auf den hier und da im Gras winkenden Wind. Der Wind sprach auf einmal von dir als von einem Vater. Die Gedanken waren unvollständig, Andeutungen von etwas Unbegreiflichem, Unfaßbarem, aber soviel erfuhr ich: Du kannst auf eine Weise im Fluß stehen, daß der Wind an dir kein Geräusch macht. Du stellst dich so hin, daß du keinen Schatten wirfst, und du hörst eine halbe Stunde lang auf zu atmen. Das einzige Geräusch ist das leise Strömen deines Blutes. Du bist still genug, um Fische auf dich zuschwimmen zu hören.

Als ich diskret fragte, ob es sein könnte, daß du vor langer Zeit gegen jemanden gekämpft hast, gegen einen Feind, dessen Namen ich kennen könnte, war der Wind plötzlich nicht mehr da. Eine solche Kraft, wie in dir ist, läßt mich einen Feind vermuten. Ich habe bei den Steinen auf dem Grund des Flusses nachgefragt; ich habe bei deinem andern Feind nachgefragt, dem Baummarder; ich bin schweigend neben deinen Verwandten hergewatet, den Rohrdommeln, gespannt, ob nicht eine Äußerung käme, alles vergebens.

Bei all diesen Nachstellungen war mir mein Alter im Weg, das was ich erfahren habe, und meine Jugend genauso, das was ich noch lernen muß. Es hat mich Jahre gekostet, in denen man (jemand anders) vielleicht etwas Größeres hätte suchen können, irgendwo anders. Ich habe nur dich gesucht. Genug, ich will dich erkennen, und du willst nicht reden.

Es ist nicht leicht, den Rest zu erzählen, aber ich weiß, du hast ihn von andern gehört. Jetzt möchte ich, daß du ihn von mir hörst. Ich nahm Grätenstückchen von Fischen, die du gefressen hattest, und stach mir in die Finger, ließ das Blut in der Strömung verfließen. Ich schlief auf was ich an Federn von dir finden konnte. Aus einem vom Sturm gefällten Baum nahm ich dein Nest, stieg damit zu einer Lichtung über dem Fluß empor, wo die Sicht gut war, der Himmel so weit, wie ich zu fassen vermochte. Bärengras, Bartfaden, blaue Trompetenblumen, Walderdbeeren, Scharlachrote Kastilea wuchsen dort. Vier Nächte lang machte ich Nacht für Nacht ein kleines Feuer mit Stöcken aus dem alten Nest und schaute zu dem Rand der Schatten hin, die es warf. In der letzten Nacht hatte ich einen großen Traum. Du standest auf einer Wüstenebene. Du warst blau bemalt, und du hattest ein Halsband aus weißen Lachswirbeln um. Riesig deine Augen, rot. Vor dir auf der trockenen grauen Erde lag zusammengerollt eine Schlange und beschrieb mit dem Kopf langsam wiegend Luftschleifen. Du sprachst vom Anfang der Welt, daß es keine Furcht in der Welt geben werde, daß, wer sich fürchte, schlecht leben werde.

Die Schlange sagte kalt, wiegend, doch, es werde Furcht geben, die Furcht werde jeden stark machen, und schlug zu und riß dir eine Wunde in die Schulter. Genauso schnell hattest du ihr den Kopf auf den Boden gedrückt und sagtest – die Ruhe in deiner Stimme – ja, es könnte Furcht geben, und sie könnte stark machen, aber ohne Mitleid wäre sie nichts wert. Und du ließt die Schlange los.

Lang ausgestreckt im Bärengras wachte ich auf. Es war finsterer, als ich es je von einer Nacht erinnern konnte. Ich fühlte die Stelle des Planeten, wo ich lag, abgewandt von der Sonne. Meine Beine taten weh. Ich verstand, wie alt ich war, so da auf dem Berggipfel liegend, eine Faust kalter Luft auf der Brust, als sich plötzlich ein Tier, eine Maus vielleicht, unter meinem Rücken regte.

Eine unaussprechliche Vergebung überfloß mich. Ich verstand, wie viel hingegeben werden muß, wie wenig sich jemals fordern läßt. Das Geräusch von Gänsen über mir im Dunkel just in dem Moment, und alles, was das sagen wollte, war genug.

Ich springe in das Jadegrün des Winterflusses. Ich kämpfe mich gegen die Strömung zu den Felsen vor, klettere hinauf und horche, ob ich deine Stimme höre. Tropfend, in meiner weißen Nacktheit zitternd, stehe ich im dünnen Dämmerlicht. Wartend. Schweigend. Da erscheinst du um eine Biegung flußab.

Der Holzstau

1946

Im September, als die Bärentraubenblätter soweit waren,
daß man sie sammeln konnte, nachdem der erste Sturm ins
Tal gekommen war wie ein heimwärts torkelnder betrun-
kener Bergarbeiter und armdicke Äste von den Ahornbäumen abgeknickt hatte, bekam Olin Sanders einen aus
der Fallrichtung drehenden großen Baum ab und war tot,
bevor sie ihn aus dem Wald schaffen konnten. Sie legten
ihn hinten im Laster zwei Männern über den Schoß und
schickten einen voraus, Bescheid sagen. Als sie zur Straße
kamen, stand da schon seine weinende Frau mit rosa
Lockenwicklern wie Kiefernzapfen im Haar und in schwarzen Strickhosen, die für ihre stämmigen Beine zu klein
waren, und einer lose hängenden weißen Bluse. Und, von
der Todesmeldung alarmiert, zwei Bezirkssheriffs mit sau-
beren, gebügelten Sachen, wie Büroangestellte. Als die
Frau durch das Fenster des Lasters blickte und ihn sah, um-
geknickt wie eine zertretene Blechdose, hob sie die Fäuste,
um auf das Ding einzuschlagen, das schuld war, und schlug
den Lastwagen. Als der Sheriff sie zurückhielt und mit höf-
licher Stimme sagte: »Bitte, beherrschen Sie sich«, fing sie
an, ihre Schenkel zu schlagen. Einer der Männer trat vor
und stieß den Sheriff.
Die ganze Zeit saß der Sohn, in dessen Schoß der zer-
schmetterte Kopf des Vaters lag, stumm da. Er spürte deut-

lich den Beginn von etwas anderem, mehr als das Ende seines Vaters. Seine Hosen waren naß vom Blut seines Vaters.

An dem Abend ging der Junge aus dem Haus, vorbei an den Hemden seines Vaters, die zum Trocknen auf der Leine hingen, und fuhr die Warner Creek Road hinauf zu der Stelle, wo sie gefällt hatten. Die Motorsäge in der Hand stapfte er mit seitlichen Schritten den Hang hinunter zu dem Baumstumpf (am Holz das Blut geronnen wie dunkles Harz) und sägte ihn ab, sägte das obere Ende des Stocks mit dem Fleck vom Tod seines Vaters ab, und die Säge kreischte im abendlichen Halbdunkel. Mit einer Cho-ker-Kette und einem Drahtseil zog er die Scheibe den Berg hinauf und fluchte und hievte sie hinten auf seinen Prit-schenwagen.

Den Warner Mountain talwärts stieß er auf die Granite Creek Road und fuhr den Granite Creek hinunter, bis er zu dem Geräteschuppen kam, wo eine Holzabfuhrbrücke über den Fluß zur Hauptstraße ging. Mit einem Frontlader und einer Kette zerrte er die Holzscheibe vom Wagen, fuhr auf die Brücke, stellte die Maschine mit Rucken und Hy-draulikzischen quer und kippte die Schaufel, so daß das Stück Tannenstumpf in den Fluß fiel.

Er stellte den Frontlader zurück und fuhr nach Hause.

Noch nie hatte irgend jemand so etwas getan. Das Un-herkömmliche daran beunruhigte den Jungen. Als er an den Bäumen beim Haus vorbeiging, hatte er plötzlich Angst. Seine Mutter war noch auf und saß, als er hereinkam, in dem zerrissenen wattierten Morgenrock, der ihm vor seinen Freunden immer peinlich war, im verdunkelten Wohnzim-mer. Hinter dem Glimmen ihrer Zigarette fragte sie, wo er gewesen sei.

Als der Donnerknall ihres Sturzes in der Nacht verklungen war, kam die Scheibe wieder an die Wasseroberfläche und trieb wie ein dunkler Eisberg mit starkem Tiefgang dahin. Ein paar Meilen, und sie strandete lautlos auf den Wackersteinen einer Insel.

1951

Cawley Besson und seine Familie – eine Frau namens June, zwei Jungen und ein Hund, eine Promenadenmischung – gingen beim Forstamt in Stellung. Damals gab es noch Holz, jede Menge nicht aufgenommenes Holz in den entlegenen Tälern. Douglasien mit drei Meter Durchmesser am Fuß und fünfundsiebzig Meter astfreiem Wuchs. Festes, langsam gewachsenes Holz. Es war Renommierholz, und man brauchte nicht damit zu sparen.

Cawley legte Waldstraßen zu seiner Abfuhr an. Er war überkorrekt, arbeitseifrig und kurz angebunden. Er ging früh zur Arbeit und kam spät nach Hause, schließlich, sagte er, müsse er an seinen Ruf denken. Er habe nach getaner Arbeit noch andere Verpflichtungen, erklärte er seiner Frau (die neben ihm lag, ihm zuhörte und sich fragte, wann sie wohl wieder miteinander schlafen würden), andere Verpflichtungen.

An einem heißen Sonntag im Juni saß Cawley in kurzen Hosen am Flußufer, verzehrte das mitgebrachte Mittagessen, dachte an Montag, trank kaltes Bier und sah seinen Söhnen zu. Die Jungen warfen Steine in den Fluß, denen der Hund nachjagte, bis er die Strömung an den Beinen fühlte und zurückwich. Cawley genoß solche Momente: Er schaute zu seiner Frau hinüber und spürte dabei seine eigene Körperwärme. Der Junge schoß stumm gestikulierend an ihm vorbei, bevor der Schrei sein Ohr erreichte, der Hund lief bellend auf ihn zu, und er sah den andern Sohn mit den Händen überm Mund regungslos am Rand des Flusses stehen.

Cawley sprang auf die Füße, daß das Essen beiseite flog, rief und rannte hinterher, fluchte sinnlos. Er konnte nicht schwimmen, der Junge auch nicht. Er sah das kleine weiße Gesicht in dem dunklen Wasser, das helle Sonnenlicht in den kurzen nassen Haaren, und was vor ihm lag, zog sich immer enger um ihn zusammen. Mit großen Augen trieb der Junge stumm im Fluß ab.

Cawley rannte weiter. Die Panik saugte an ihm wie Blutegel. Das Bier stieß ihm sauer auf. Der Fluß trug den Jungen davon, und er überlegte, wie schnell, rannte schneller, um vor den Jungen zu kommen, rief ihm zu: Halt aus! Halt aus! Herrje, halt aus! Ein kleiner Vorsprung jetzt. Er sah den Weinahorn auf sich zukommen, packte zu, bog, brach so schnell, daß er Hoffnung fühlte, lief mit aller Kraft vor dem Jungen in das seichte Wasser und warf das Ende des langen Astes nach ihm aus – doch der Junge trudelte von der Spitze ab, die Hand gespreizt, steif. Cawley ließ den Ast fahren und stampfte mit hochgerissenen Beinen los wie von Sinnen, brusttief, und mit einem Gewaltsatz hatte er den Jungen, hatte sein Hemd, und schlug um sich, uferwärts, strampelte nach festem Halt im Flußbett, das unter ihm dahinschoß. Seine Füße streiften Steine, faßten Grund. Seine Faust war weiß, so fest war sie in das T-Shirt des Jungen eingedreht – der in diesem Klammergriff kaum Luft bekam.

Der Ahornast trieb flußabwärts und blieb zwischen Weiden hängen, neben einer Baumscheibe, auf der noch dunkle Flecken zu sehen waren.

1954

Ein Sturm kam in dem Jahr, an dem sich von da an alle andern Stürme messen lassen mußten, an einem Samstag im Oktober, einem milden Samstagnachmittag. Die Männer im Wald, Feuerholz für den Winter machen, und die Kinder draußen voll unbestimmter Wehmut beim Gedanken an den zurückliegenden Sommer. Wie alle Herbststürme gewann er den Weg das Tal hinauf an Heftigkeit, aber die stahlgrauen Gewitterwolken, das erste Zeichen, das man sah, waren höher, viel höher, zu hoch. In der Stille davor sahen die Männer sich an, als ob ein behender und drahtiger Mann in einer Kneipe ein Messer gezogen hätte. Sie fühlten die Bäume fallen, bevor sie den Wind hörten, und sie warfen die Werkzeuge hin und suchten Hals über Kopf, ins Freie zu kommen. Der Wind kam plötzlich und wie eine Sense, wie ein Piranha im Nacken, wie Seewasser durch ein Loch im Deich. Der erste Schlag bog die Bäume halb zu Boden, der zweite packte sie und brach sie wie Reisig, daß es Äste regnete und sechs Meter lange Splitter durch die Luft schossen wie Granaten und zitternd im Boden steckenblieben. Muhende Kühe trampelten die Zäune nieder, ein verlassener Rasenmäher holperte über eine Wiese, ein streunender Hund setzte einem vorbeirennenden Kind hinterher. Die großen Bäume fielen kreischend um, rissen Löcher in den Wind, die von der Porzellanbruchexplosion eines Hauses und dem Scheuern und Quietschen eines über den Asphalt geschobenen Lastwagens, dem Knallen von Nieten und dem Reißen von Telefon- und Stromleitungen aufgefüllt wurden.

Nach drei, vier Minuten war alles vorbei. Die unheimliche, saugende Stille, die zurückblieb, hatte etwas spürbar Böses, das sich in das noch stehende Holz einfressen würde, wie Käfer, eine Erinnerung.

Umgekommen war niemand. Straßen waren abge-
schnitten, eine Brücke eingeknickt. Kein Strom. Ein paar
mußten von abgelegenen Orten im steilen waldigen Gelände zu Fuß gehen und kamen später nach Hause, als
sie jemals aufgewesen waren. Einige sagten, es hätte die
Gemeinschaft zusammengeschweißt, andere, sie fänden
es furchtbar, ohne Licht zwischen den Bäumen zu leben.
Ohne Warnmöglichkeit. Am Tag darauf regnete es, und
der Wald roch nach Asche. Es dauerte vier, fünf Tage, bis
die Straßen wieder frei waren, das Telefon wieder ging,
der Strom wieder da war. Drei kamen ins Krankenhaus
nach Holterville. Unter den Toten Cawley Bessons Hund.
Und zwei Hirsche, die geschlachtet und ohne viel Worte
stückweise unter den Nachbarn verteilt wurden.

Von den Bäumen, die in den Fluß fielen, landeten etliche
wie gestrandete Wale zwischen den Weiden an der Spitze
einer Insel.

1957

Rebecca Grayson fuhr jeden Morgen einundvierzig Meilen zu ihrer Arbeit in einem Herrenbekleidungsgeschäft in
der Stadt und kam jeden Abend rechtzeitig heim, um ihrem Mann das Essen zu richten. Mit dem Verdienst waren
Geburten und Begräbnisse, Hochzeiten und ein zweites
Auto bestritten worden, aber sie selbst war jetzt, mit sechs-
undfünfzig, deprimiert und am Ende, als hätte sie eine
klare Niederlage erlitten, unsichtbar, aber ihr schmerzlich
bewußt.

Ihr Mann hatte eine Tankstelle und ein Geschäft für
Waldarbeiterbedarf in Beaver Creek, einer kleinen Stadt
am Fluß. Sie hatten vier Töchter bekommen, was für Cla-

rence Grayson eine bittere Enttäuschung gewesen war, über die er nie hinwegkam. Das ist kein Land, um Töchter zu haben, dachte er. Er lebte, als wartete er nur, daß die Wunden heilten, bevor er weiterzog.

Er kriegte es kaum mit, wenn sie ihm samstags im Geschäft half, daß oft jemand mit einem Feldblumenstrauß für sie vorbeikam, oder um ihr etwas zu erzählen, zu fragen, ob sie die Mantelblumen auf Danmeiers Feld gesehen hätte oder daß die Weidenkätzchen blühten, sichere Vorzeichen des Frühlings. Diese Freundlichkeiten quittierte Clarence, während er gerade irgend jemanden fertig bediente, dankbar als einen Liebesdienst, zu dem ihm das Talent fehlte.

Männer fühlten sich in einer unschuldigen, aber beinahe hungrigen Weise zu Rebecca hingezogen, als bräuchten sie die Freude, die sie an ihnen fand. Weil es nie eine Andeutung von etwas anderem als Freundschaft gab, waren ihr diese Aufmerksamkeiten angenehm und hinterließen bei ihr eine tiefe Sehnsucht, mit der sie nachts von Phantasien umschlungen wachlag, ohne sich zu schämen.

Wenn Clarence nachts nicht schlafen konnte, wälzte er sich zu ihr herum und versuchte zu reden. Manchmal weinte und schluchzte er vor Wut über einen Mangel, für den er keine Worte finden konnte. Er weinte in ihr Negligé und bohrte kraftlos seine Fäuste ins Kissen. In solchen Nächten hielt sie ihn, bis der Schmerz sich gelegt hatte, und sagte nichts von ihrem eigenen Sehnen.

Nachdem die letzte Tochter geheiratet hatte, dachte sie, sie könnten verreisen. Tief im Innern saß bei ihr der Wunsch, nach Europa zu fahren, allein; aber sie konnte die Vorstellung seiner Einsamkeit nicht ertragen und glaubte nicht, daß eine Reise zu zweit irgend etwas Vergnügliches haben könnte.

An einem Sommerabend, während Clarence im Wohnzimmer war und las, saß sie auf ihrem Bett, das Gesicht über eine Glasschale mit getrockneten Blüten auf ihrem Schoß gesenkt, eine Duftwolke wie Moschus, die in ihr Erinnerung und Leidenschaft weckte und in die sie ihr Gesicht in Augenblicken tauchte, in denen sie Freundschaft brauchte. Hochzeitstagrosen aus zwanzig Jahren, Blumen aus ihren ersten Gärten, Wildblumen von Männern, die von ihr bezaubert gewesen waren, der Hochzeitsstrauß einer Tochter. Sie fühlte die Tränen ihre Nase hinablaufen, und wie ihre kleinen Fäuste fest geballt auf die Knie drückten. Sie wollte frei sein davon, und sie stand mit der Schale auf und ging hinaus.

Im dunklen Garten neben dem Haus zog sie ihr Kleid und ihre weiche Unterwäsche aus. Die Schale fest gefaßt, ging sie zum Fluß hinunter und watete hinein. Das kalte Wasser stieg an ihr hoch, während sie sich vom Ufer entfernte, schwappte gegen ihren blassen Bauch, und sie fühlte eine starke Entschlossenheit, die größte Liebe, an die sie sich erinnern konnte, war nicht stärker gewesen. Ihre Brüste wurden an der kalten Luft hart. Bis zur Taille im Wasser, die Füße schmerzhaft um die Steine gekrümmt (am andern Ufer konnte sie Leuten, die sie kannte, ins Wohnzimmer schauen), streute sie die erste Handvoll aufs Wasser. Die Fitzchen landeten lautlos und wippten hurtig davon. Sie schleuderte die trockenen Blütenblätter, die verschrumpelten Blüten und die verfärbten Blättchen fort, bis die Schale leer war, und tauchte dann den Rand in die Strömung, um sie auszuspülen.

Unempfindlich gegen die Kälte blieb sie stehen, bis der Wind den Duft vertrieben hatte, und lauschte auf das Streichen um ihre Hüften, fühlte eine Erregung, die sie nicht fassen konnte. Sie stellte sich vor dahinzufließen, wie der Fluß, ohne Stockung, zwei fliegende Reiher darüber, unberührbar und voller Anmut, einem unbestimmten Ziel entgegen. Sie hatte kein Bedürfnis, das Gefühl irgendwem zu erklären.

Von den Blumen, die sie aufs Wasser warf, trieben manche bis zu dem Holzstau und blieben dort in den Ritzen hängen.

1964

Inzwischen waren Biber in das Tal zurückgekommen, wo man sie einst ausgerottet hatte. Es waren wenige, und bis auf die an den Bachläufen gefällten Erlen bekam man von ihrem Leben nichts mit. Einer der Dämme staute einen Zufluß oberhalb des Bear Creek und wurde eines Morgens im Herbst von einem jungen Burschen entdeckt, der gerade auf die Jagd gehen wollte. Er schritt darüber, prüfte ihn beiläufig mit dem Fuß und sprang dann mit vollem Gewicht darauf, um ihn zum Reißen zu bringen. Er blieb stehen und nahm den Damm überrascht in Augenschein, denn er gab nicht nach. Am andern Ufer stellte er sein Gewehr an einen Baum und schnitt sich einen Erlenstock, von dem er die Blätter abstreifte, um ihn dann flink und geschickt mit dem Messer zuzuspitzen. Nun ging er zurück und fing an, in dem Bauwerk herumzustochern und eine etwas tiefere Öffnung zu suchen. Er fand eine solche Stelle, zwirlte den Stock hinein und fing an, mit der Spitze zu wuchten und zu wühlen, um besser hebeln zu können. Mit angespannten Beinen und vollem Krafteinsatz des Rückens und der Oberarme brach er eine Ecke aus Lehm und Zweigen heraus. Diese Bresche bearbeitete er mit dem Stock wie mit einem Locheisen, indem er ihn über den Kopf hob, jedesmal tiefer hineinrammte und gegen jeden Angriffspunkt stemmte. Die grünen Zweige waren biegsam und schwer zu brechen, deshalb nahm er das Messer zu Hilfe. Durchschneiden, dann stemmen. Er begann zu schwitzen. Als er seine Jacke auszog, sah er in der Mitte des Teichs den Biber auftauchen. Geduckt schlich er vom Damm und versteckte sich im Gebüsch. Der Biber, der regungslos im Zentrum sich ausdehnender konzentrischer Wasserkreise verharrte, verfolgte jede Bewegung.

Der Bursche starrte auf den Biber und ärgerte sich, daß er sich hatte ertappen lassen. Er fühlte sein Herz klopfen, das jähe Zusammenziehen der Muskeln, roch seine eigenen warmen Ausdünstungen. Seine Hand ertastete einen Stein. Flink und geschmeidig fuhr er auf und warf ihn mit aller Kraft, so daß ihm bei dem Ruck die Haare auf dem Kopf hochflogen. Daneben. Der Biber tauchte unter. Er hob einen andern Stein auf. Wutsch. Das scharfe Zischen des Steins im Teich gab ihm wieder Sicherheit. Wutsch. Wutsch.

Er ging auf den Damm zurück, an die Stelle, wo er die Lücke gerissen hatte. Stemmte, stieß, schnitt und trat; mit einem Gegenhalt aus großen Steinen vom Ufer brach er schließlich durch das Zweiggeflecht. Er trat zur Seite, völlig aufgelöst. Während das Wasser glatt durch die Lücke floß, wurde ihm klar, daß der Einschnitt zu flach war, nur ein kleines Stück unter der Oberfläche des Teichs; und daß es zu spät war, um an dem Tag noch jagen zu gehen. Und daß der Biber sich nicht wieder gezeigt hatte. Er fluchte auf den Biber, warf den Hebelstock in den Teich, nahm sein Gewehr und zog mißmutig ab.

Der Teich floß bis zur Höhe der Lücke ab. Nach Einbruch der Dunkelheit kam der Biber zu der Bresche und machte sich daran, sie zu schließen.

Der Bursche drohte, den Winter in das Tal zurückzukommen und Biberfallen aufzustellen, aber tat es nicht.

Erlenäste von dem Damm wurden den Bear Creek hinunter in den Fluß gespült, wo sie sich in dem Holzstau verkeilten.

1973

Die Tanne, die neben dem Haus der Thompsons wuchs, war, nach der Zahl ihrer Ringe, 447 Jahre alt, als sie gegen Ende eines Märztages während des Abendessens umfiel. Bevor sie fiel, ertönten draußen nur die Geräusche vom Fluß, die leise von unten durch die Bäume drangen, und die Rufe von Kernbeißern. Gene Thompson konnte am Abendbrotstisch noch andere Dinge hören. Er konnte Bäume wachsen und sterben hören. (Wenn er durch den Wald ging, konnte er zwischen dem Knarren von Zedern und dem Knarren von Hemlocktannen unterscheiden, zwischen dem Wackeln von Steinen in einem Bach und dem Herzschlag eines Fleckenkauzes. Er lag, das Ohr auf den feuchten Erdboden gepreßt, im Wald und lauschte auf das langsame Graben der Baumwurzeln, das er vom Wühlen von Maulwürfen oder Würmern oder dem Ton tief in der Erde fließender Wasserläufe unterscheiden konnte.) Wenn er, die Stirn an einen Baum gelegt, lauschte, hörte er das Denken der im Innern schlafenden Spechte. Er hörte das Strömen des Saftes, das ihm wie stratosphärische Winde klang.

Gene saß still beim Essen und lauschte auf die Tanne vor dem Haus. Er hörte das jähe Ästeln von Rissen in den von Termiten zerfressenen Wurzeln, das Ächzen sich spannender Fasern, als der Baum sein Gewicht, siebzig Tonnen, zum Fluß hin verlagerte, und ein dumpfes Knallen in der Erde, als er loskam. Er hörte (die Gabel vor dem Mund erstarrt) das Rauschen wehender Äste hoch in der Luft, als das Stürzen begann. Beim ersten lauten Krachen, dem schrecklichen Jaulen des Losreißens, dem schnappenden, saugenden Geräusch gleich darauf, als der Baum niederging, blickten alle auf. Der Baum schlug wie eine Eisenplatte auf die Erde, und das Essen sprang vom Tisch hoch. Ein leiser Zweigregen hinterher.

Gene trat mit seinem Vater aus der Tür.

»Heiliger Bimbam!« sagte er und stapfte los.

Der Baum hatte andere mitgenommen, die Straße aufgebrochen und lag mit dem Wipfel im Fluß. Er mußte weggeschafft werden, sagte der Vater, sofort, daß der Verkehr durchkonnte. »Gute zwei Meter«, sagte er zu einem heraneilenden Nachbarn, »am Stammfuß und glatte sechzig hoch.« Zum Glück war niemand ums Leben gekommen, sagte er. Er wußte, was er wert war. Erstklassiges altes Wertholz. Längst schlagreif. Richtig gesägt konnte er 3000 Dollar bringen. Er überschlug es grob, stieg auf den Stamm und schritt ihn im schwindenden Licht ab, während ein anderer Sohn mit einem kräftigen Ruck die Motorsäge anmachte und anfing, die Straße zu räumen.

Der Junge hockte vor dem Stock, die weit gespreizten Hände in dem gelbbraunen Saft. Er hatte den langsamen Zug der Luft durch die länger werdenden Termitengänge gehört und Bescheid gewußt. Er hob die Hände von dem Stock, und der Saft troff ihm zäh von den Fingern, wie Honigspiralen.

Die Krone des Baums trieb zuletzt flußab und verfing sich an der Spitze der Insel. In den folgenden Jahren kam ein Fischadlerpaar und baute ein Nest und lebte so gut, wie in der Gegend zu hoffen war.

Die Biegung

Abends gehe ich immer hinunter und stehe zwischen den Bäumen, in einem Licht, das genau so in den Blättern verweilt, als wäre der Wechsel hier im Fluß mir nicht bloß geläufig, sondern faßlich. Am Anfang war das nicht so; ich fing mit der krassesten Unwissenheit an, mit den dümmsten Fragen. Jetzt frage ich sehr wenig. Ich beobachte die geschwinde Bewegung des Wassers durch das Fischvolk zu meinen Füßen. Ich überlege im stillen, ob es für sie, wie für mich, gläubige Momente gibt.

Der Fluß dreht an dieser Stelle, kommt jetzt statt aus Südosten aus Osten: ein deutlicher Richtungswechsel, das Wasser fließt außen in der Kurve tief und schnell, langsamer über die Schwelle einer breiten Kiesbank innen, weiter nach Westen auf eine weite Fläche mit zertrümmerten Felsen.

Ich knie mich hin und lasse meine Hände wie Frösche unter die Wasseroberfläche gleiten. Ich spüre das Abschaben des äußeren Ufers, die Entblößung der Wurzelfasern, das Untergraben. Ich denke mir Augen in den Kuppen meiner Finger, ähnlich den Augenstielen der Flußkrebse. Fische starren meine Fingerkuppen an und huschen in die Dunkelheit des Flusses. Ich ziehe meine Hände heraus, weiß um die Übertretung. Der Gedanke, vielleicht beobachtet zu werden, ist mir unangenehm.

Ich wollte diese Biegung im Fluß messen, sie begreifen, persönlicher Gründe wegen. Ich fühle mich jetzt näher. Ich weiß, welche Hirsche an welchen Stellen dieses Ufers trinken. Ich weiß von der kleinen Waldohreule, die gegenüber nistet (ich könnte sie dir zeigen, indem ich einen Stein in die Richtung werfe, aber die Geste wäre ungehörig). Ich kenne den Waschbären und den Fischmarder, deren Spuren sich hier finden, kann sie sogar im Dunkeln auseinanderhalten, brauche nur den Rand ihrer Abdrücke in der Erde sacht befingern. Ich kann das geschäftige Treiben der Bisamratten hören. In kalten, feuchten Nächten nehme ich den Dunst vom Atem der Vögel wahr, der ozeanisch durch die Bäume droben wallt. Dort im Fluß weiß ich, an welchen Steinen sich die schlummernden Wasserläufer festhalten und wo im Wasser die schützenden Gehäuse der Köcherfliegenlarven liegen.

Ich fühle mich näher kommen.

Was mich betrifft, so löst sich jeden Tag mehr von mir ab. Versunken in die Anschauung, wie das Wasser um die Biegung kommt, einfach so, bin ich ich, entgleitend.

Der Versuch, diesem Fleck Sinn abzuringen, begann kläglich, mit einer Krankheit. Ein Schmerz, langsam einsetzend wie so viele, dessen Zentrum im Genick zu sitzen schien. Dann ein heftiges Sehnen, so stark wie der Wunsch, geliebt zu werden, Schmerzen um die Rippen, und meine Beine fingen an einzuknicken. Am Morgen wachte ich mit den Händen überm Gesicht auf, wie erstaunt über meine eigenen Träume. Im Laufe der Wochen ging ich immer weniger hinaus, bis ich mich schließlich ins Bett legte und mich dort ruhig hielt wie Sommerlaub. Ich konnte nachmittags den Regen im Wald hören; das Geräusch des Flusses, wie Pferdegelächter; durch das offene Fenster schwach den Atem von Bären riechen. Zwischen diesen Bezugspunkten war ich gefangen, abgeschlossen wie eine Spinne durch die Anlage eines Netzes. Ich versuchte mir vorzustellen, es ginge mir gut, doch die Bezugspunkte meiner Phantasie zweckten mich fest, und dann lief ich mit einem Gefühl des Verrats leer.

Ich fing an (wie auf einer Treppe hinunter in einen unerforschten Keller), über die Biegung im Fluß nachzudenken. Wenn ich diesen gleitenden Richtungswechsel einmal verstanden hatte, konnte ich ihn nachmachen, sinnierte ich, genau wie ein Mann, was er in einer Geschichte liest, anwendet, indem er einen Punkt durch einen andern ersetzt, wie er's braucht.

Mehrere Dinge ließen sich messen, spekulierte ich: die Fließgeschwindigkeit des Wassers, die Erosion des äußeren Ufers, das Gefälle der angrenzenden Berge, der sich ändernde Krümmungsradius bei der Westdrehung des Flusses. Die Biegung ließ sich fein säuberlich aufzeigen, mit überzeugenden graphischen Darstellungen belegen.

Ihre Berechnung wurde mir zur Obsession. Ich legte mir den Plan zuerst im Kopf zurecht, ohne Papier. Die für die Kurve nötige Infinitesimalrechnung bedeutete einen gewissen Präzisionsverlust, und die exakte Tiefe des Flusses veränderte sich von einem Augenblick zum andern, die Breite desgleichen. Aber für die Verheißung, mein Leben zu verstehen, konnte ich das verschmerzen.

Ich rief Landmesser, Geodäten, Hydrologen herbei. Es war die Arbeit eines halben Jahres. Für sie bedeutete es das mühselige Hin- und Herschleppen von Instrumenten über den Fluß und langwierige Berechnungen. Ich verlangte, daß gewissenhafte Arbeitskladden geführt wurden, damit auch nicht die kleinste Angabe verlorenging. Natürlich gab es Querelen. Ich forderte, daß Darstellungen noch mal gemacht wurden, und noch mal, und noch mal. Ich kam zu der Überzeugung, daß sich aus dieser Fülle an Details zwangsläufig eine fixe Ursache für den anmutigen Schwenk des Flusses herausschälen würde.

Von der gewünschten Exaktheit überfordert, schleuderten die Vermesser aus ganz und gar selbstverschuldeter Wut ihre Theodoliten in die Bäume. (Die Reparatur dieser Instrumente kostete abermals Zeit.) Mir kamen Streitigkeiten zu Ohren. Aber ich sah keine. Ich lag allein in dem Zimmer, und die von mir Beschäftigten kamen und gingen höflich mit ihren Aufzeichnungen. Ich wußte, daß sie das Ganze für zwecklos hielten, aber sie mußten an ihre Beschäftigung denken, und die Bezahlung, sagten sie, sei anständig.

Schließlich übersetzten sie die Biegung im Fluß in eine Reihe eleganter Gleichungen, und die Bücher, in denen sie standen, und eine verwirrende Liste von Variablen wurden alle zusammengetragen und mir aufs Zimmer gebracht. Ich ließ sie auf den Boden legen, auf einen Stapel in einer Ecke. Plötzlich, beim Anblick dieses Papierberges, hatte ich zum erstenmal die Kraft, mich zu rühren, aber ich hatte Angst. Ich schob es auf bis zum Morgen; ich hatte das Gefühl, meine Genesung sei sicher, glaubte jetzt sogar noch entschiedener, meine eigene Lösung sei durch eine unwiderlegliche Analogie greifbar nahe.

Als ich in jener Nacht erwachte, hörte ich Wasser tropfen. Aus der Richtung des Papierstapels kam der Laut von Gänsesägern, das aufbrausende Geräusch, das sie machen, wenn sie auf dem Wasser überrascht werden und jäh davonfliegen.

Ich legte mich wieder hin.

Irgendwann wuchs auf den Büchern Moos. Nach einer Weile begannen sie, hart zu werden, den grauen Wackersteinen im Fluß zu gleichen. Jahre vergingen. An Frühlingsnachmittagen roch ich Cottonwoods und stellte mir das Kräuseln des Sonnenscheins auf der Wasseroberfläche vor.

Im Winter blieben die Fenster offen, weil ich nicht an sie herankam.

Eines Morgens, völlig unverhofft, gelangte ich in meiner Depression in einen toten Winkel, hatte plötzlich einen horizontalen Blick, den ich festhielt. Ich rappelte mich aus dem Zimmer, ging langsam Schritt für Schritt die Treppe hinunter und rief dabei immerzu. Bären hörten mich (oder warteten bereits an der Tür). Ich sagte ihnen, ich müsse in die Nähe des Flusses. Sie trugen mich zwischen den Bäumen hindurch (brummend, denn sie sind es nicht gewöhnt, zusammenzuarbeiten), brachen mit roher Gewalt durch die Erlen, bis wir am äußeren Ufer standen.

Dann trollten sie sich, aber der Geruch von zertrampeltem Gras und gebrochenen Knochen blieb in der Luft hängen.

Das erste, was ich tat, war, wie ein Waschbär mit den Fingerspitzen die Ufererde direkt unter dem Wasserrand zu betasten. Ich lauschte auf das Geräusch des Wassers an der äußeren Bank. Ich beobachtete die Jagd der Köcherfliegen.

Ich messe jetzt die Biegung anhand dieser Erfahrungen.

Ich habe, wie gesagt, an Selbstgefühl verloren. Ich brauche nicht mehr so viel. Und obwohl ich auf Genesung hoffe, ein so selbstverständliches Anpassen wie das Schmiegen Fluß an Erde an dieser Stelle, ist das nicht mehr mein Bestreben. Etwas anderes interessiert mich mehr: von oben, einem Falken, muß die Biegung nur natürlich erscheinen und ich in dem Moment als ein untrennbarer Teil, wie ein Lachs oder eine Blume. Ich kann nicht aussagen, wie diese eine Wahrnehmung meine Einsamkeit abgebaut hat.

Der Wasserfall

Irgendwer muß zusehen, daß diese Geschichte erzählt wird: nicht daß du denkst, dieser Mann hätte einfach sein Leben weggeworfen.

Als Junge war nichts an ihm, was einem im Gedächtnis geblieben wäre. Er sah aus wie alle Welt – wie die Bäume, wie andere Leute, wie sein Hund. Der Hund war halb Coyote. Manchmal tauschte er mit seinem Hund die Rollen. Eine Woche am Stück war er der Hund und der Hund war er, und niemand merkte etwas. Für den Hund war es härter, aber der Junge redete ihm gut zu, und so hielt er sich wacker. Der Hund hieß Leaves.

Wenn der Junge zum Schlafen in die Hügel ging, wurde er zum Wind oder zu einem hoch in den Lüften fliegenden Vogel. Wieder war es härter für den Hund, der rennen mußte, um mitzukommen, aber der Hund wußte, der Junge würde eines Tages ein Mann sein und nicht mehr ein Vogel oder der Wind sein wollen, nicht einmal ein Mischlingshund wie er, sondern er selbst. Vor allen Dingen setzte der Hund auf die Zeit.

Dann kam es so. Der Junge wuchs heran. Ihm kamen Visionen. Er fing an, Sachen zu sehen. Als er achtzehn war, träumte er, er solle in die Crazy Mountains nördlich von Big Timber gehen, um zu träumen, und er ging. Er achtete darauf, von wem er sich mitnehmen ließ. Alte Autos. Nur alte Männer. Er war alt genug, um achtsam zu sein, aber nicht, um zu wissen warum.

Das Träumen ging vier Tage. Ich weiß nicht, was ihm kam. Er erzählte es niemand. Er sprach mit niemand. Während er dort oben war, schlief der Hund Leaves weiter weg auf Felsen im Sweetgrass River, wo er ungestört war, und fastete. Ich kam morgens früh und noch mal abends spät nachschauen. Ich konnte aus der Entfernung nicht erkennen, ob er schlief oder tot war. Beim Hund genauso. Ich wußte nur, daß alles in Ordnung war, weil er jeden Morgen in einer andern Lage war. Am vierten Morgen – an den erinnere ich mich am besten, die Sonne wie Feuer auf den Oktoberbäumen, so viele Spinnennetze unter der Last des Taus eingesunken, der Wind in ihnen, als ob die Bäume atmeten – war er fort. Ich schwamm hinüber, um nach dem Hund zu sehen. Blütenblätter der Blauen Schwertlilie auf dem grünen Moos. Das war ein guter Hund.

Der Mann war nach zwei Tagen wieder da. Er wusch sich im Fluß bei seinem Haus.

Er suchte sich Arbeit in der Gegend von Beatty, und zwei oder drei Jahre sah ich ihn nicht wieder. Das nächste Mal war im Winter. Es war der kälteste Winter, den ich je erlebt hatte. Meisen erfroren. Der Fluß fror auf ganzer Breite zu. Das hatte ich noch nie gesehen. Ich las ihn beim Trampen Richtung Norden auf. Er hatte dunkle Baumwollhosen, eine leichte Jacke und Halbschuhe an. Mit einer braunen Segeltuchtasche und die Mütze bis über die Ohren gezogen und die Hände in den Taschen. Ich hielt sofort an. Er sah hundserbärmlich aus.

Ich nahm ihn mit nach Norden, zu mir nach Hause. Er hatte Gabelbockfleisch bei sich, und wir aßen gut. Das war das beste Fleisch, das ich je gegessen habe. Wir redeten. Er wollte wissen, was ich arbeitete. Ich fällte Holz. Er wollte im Frühling nach British Columbia, in die Gegend von Nanaimo, und dort nach Arbeit schauen. Als wir an dem Abend zu Bett gingen, sah ich seinen Rücken im Kerosinlicht. Die Muskeln sahen aus wie Wasser, das über seine Schultern in das Bett seines Rückgrats floß. Ich ging hin und umarmte ihn.

Am nächsten Morgen wachte ich auf, als es eben hell wurde. Ich konnte das Geräusch des Flusses nicht hören, und die Stille erschreckte mich, bis ich mich erinnerte. Ich hörte ein Hacken auf dem Eis. Ich zog mich an und ging hinunter. Die Erde war wie Stein den Winter.

Er hatte ein Loch gehackt, aus dem schwarzes Wasser quoll, aufs Eis floß, fror. Er stand nackt in dem Loch, den Kopf gesenkt, die Arme mit geöffneten Händen hoch über dem Kopf. Er hatte sich die Arme mit einem Messer aufgeschnitten, und das rote Blut strömte an ihnen herunter, über die Rippen, langsamer werdend in der Kälte, in das schwarze Wasser. Ich sah seinen Körper zittern, die Muskeln blaugrau werden über seinen Knochen, wie Eis. Er schrie mit einer so starken Stimme, daß ich mich hinsetzte, als hätte seine Stimme mich geschlagen. Ich hatte noch nie einen solchen Schrei gehört, die Arme jetzt gesenkt und die Fäuste fest geballt, der Mund, die großen weißen Zähne, Stirn gefurcht. Der Schrei war wie ein Bär, kein Mannlaut, wie etwas, das er sich aus seinem Innern riß.

Der Schrei stieg auf wie ein Tosen und klang in ein Rinnsal aus, wie Bachwasser über Steinen am Ende des Sommers. Er war vornübergebeugt, die Lippen dicht am Wasser. Seine Faust ging auf. Er führte viermal Wasser an seine Lippen und wusch das Blut ab. Er sprang aus dem Loch wie ein Lachs und lief nach Westen, um die Biegung, in den Bäumen verschwunden, sehr hohe Schritte.

Ich ging hinunter, um mir das Blut auf dem grauweißen Eis anzuschauen.

Er fällte den Winter mit mir Holz. Er arbeitete tüchtig. Als die Waldlilien blühten und die verschiedenen Drosseln kamen, ging er nach Norden.

Zehn Jahre sah ich ihn nicht wieder. Ich war in North Dakota bei der Weizenernte und schlief hinten in meinem Laster (den ich unter Cottonwoods geparkt hatte wegen der kühlen Luft, die nachts ihre Stämme hinunterlief wie Wasser). Eines Nachts hörte ich meinen Namen. Er stand an der Ladeklappe.

»Gut getroffen hast du's hier«, sagte er.

»Jo. Bist du's?«

»Klar.«

»Wie geht's?«

»Gut. Morgen früh mehr.«

Er klang müde, als wäre er den ganzen Tag unterwegs gewesen.

Am nächsten Morgen mußte einer wegen zuviel Trinken gehen, und er bekam den freien Job, und so arbeiteten wir drei Wochen zusammen, bis hoch nach Saskatchewan, bevor wir umdrehten und nach Hause fuhren. Als wir durch das Stanley Basin in Idaho kamen, überquerten wir eine kleine Brücke, wo der Salmon River nur knietief war, drei Meter breit. Er kam über eine große Wiese geflossen, aus einem Zitterpappelhain. »Laß uns dort rauffahren«, sagte er. »Ich wette, das ist gutes Wasser.« Oben angekommen, kampierten wir zwischen den Espen, und es war gutes Wasser. Es war süß, wie die Lippen einer Frau, wenn du liebst und an dich hältst.

Wir kamen heim, und er blieb auch den Winter bei mir. Ich wurde schon langsam alt, und es war gut, ihn dazuhaben. Im Frühling ging er. Er erzählte mir viel in dem Winter, aber diese Dinge kann ich nicht sagen. Als er davon sprach, war es wie die Brise, wenn du im Wald schläfst: Du horchst angestrengt, aber es ist nicht leicht. Es ist nicht deine Sprache. Er lebte ein Jahr in der Wüste in der Nähe eines Gabelbocks an einem See, an den im Frühjahr Gänse kamen. Der Gabelbock zeigte ihm, wie man läuft. Die Gänse zeigten ihm gar nichts, sagte er, aber es war gut, in ihrer Nähe zu sein. Das Wasser in dem See war so klar, wenn die Gänse schwammen, schienen sie zu schweben, sechs oder sieben Meter über dem Boden.

Am Morgen, an dem er die Wüste verließ, nahm er ein Messer und schabte sich sorgfältig am ganzen Körper ab. Er legte einige dieser kleinen Hautfetzchen aufs Wasser und streute die übrigen über das Beifußgesträuch.

Er ging dann in eine andere Stadt irgendwo in Nevada, ich weiß nicht mehr welche, auf einem Holzplatz arbeiten, und dort blieb er lange, fünf oder sechs Jahre. Er nahm sich oft frei, ging ein paar Wochen in die Berge, an einen Ort, wo er die Sonne aufsteigen und untergehen sehen konnte. Sich reinigen von allem Schlechten, das sich angesammelt hatte.

Als er von dort wegging, zog er nach Alaska, irgendwo in die Nähe von Anchorage, aber konnte keine Arbeit finden und landete in Sitka, wo er fischte, und dann ging er nach Matanuska Valley und arbeitete dort auf einer Farm. Die ganze Zeit über war er allein. Einmal kam er mich besuchen, aber ich war nicht da. Ich merkte es, als ich heimkam. Ich ging zum Fluß hinunter und sah die Stelle, wo er ins Wasser gegangen war. Der Boden um die Steine herum war weich. Ich kannte seine Füße. Ich bin kein Mann, der viel Kraft hat, aber ich nahm, was ich hatte, und gab sie ihm damals, soviel ich hatte. »Geh deinen Weg weiter«, sagte ich. Ich hob die Hände über den Kopf und stieg in das Wasser und rief es noch einmal. »Geh deinen Weg weiter!« Mein Herz dröhnte wie ein Wasserfall.

Danach blieb er wieder fast zehn Jahre weg. Ich hatte einen Traum, daß er oben an den Lachsflüssen im Norden lebte. Ich weiß nicht. Vielleicht hatte der Traum nichts zu besagen. Ich wußte, daß er nie nach Süden ging.

Zum letztenmal sah ich ihn, als er im Herbst in mein Haus kam. Er kam still wie die Luft, die in einem Canyon steht. Wir setzten früh das Abendessen auf, und in der Dämmerung ging er hinaus, und ich folgte ihm, weil ich wußte, daß er das wollte. Er schnitt Zweige von Esche und Cottonwood und Erle, und ich zog mich aus. Er strich mit diesen Uferbäumen meinen Körper ab und sagte, ich sei immer ein guter Freund gewesen. Er sagte, dies sei sein letztes Mal. Wir gingen ein bißchen schwimmen. An der Stelle ist eine gute Strömung. Es schwimmt sich schwer.

Später gingen wir ins Haus hoch und aßen. Er erzählte mir eine Geschichte über eine alte Frau, die sich zwei Männer zu halten versuchte, und Geschichten über einen Mann, der nicht singen konnte, aber trotzdem umherzog und den Leuten Geld dafür abknöpfte, ihn singen zu hören. Ich lachte, bis ich todmüde war und zu Bett ging.

Ich erwachte jäh, am Ende eines Traums. Es war derselbe Traum, den ich schon einmal gehabt hatte, daß er einen Wasserfall aus dem Himmel hochkletterte. Ich stand auf und schaute in sein Bett. Er war fort. Ich zog mich an und fuhr mit dem Laster zu dem Wasserfall unter der Weidenbank, wo ich vor vielen Jahren meinen ersten Hirsch geschossen hatte. Ich lief in die Bäume, kämpfte mich durch Weinahornschlingen und Totholz, lief jetzt mit aller Kraft, um zum Fluß zu kommen. Der Donner des Wasserfalls war überall, und der Boden bebte. Ich kam am Fluß ins Freie, rutschte auf den im Mondlicht schimmernden schwarzen Steinen aus. Auf einmal sah ich ihn am Rand des Wasserfalls stehen. Ich fing an, in der feuchten Kälte zu zittern, stechenden Nebel im Gesicht, Mondlicht auf dem Wasser, da hörte ich den Bärenschrei, und er schüttelte sich dort

oben am Grat des Wasserfalls, silbern wie ein sich schüt-
telnder Lachs, und einen Moment lang war der Schrei
lauter als der Wasserfall, und dann wie verschluckt, und
er war in der Luft, überschlug sich mehrmals im Schein
des Mondes, der das Silberweiß seiner Seiten und den
dunkelgrünen Rücken traf, bevor er ins Wasser stieß, der
Aufschlag übertönt vom Tosen.

Ich wollte nicht fort. Sonnenaufgang. Ich stieg auf die
Weidenbank, wo ich den Himmel sehen konnte. Ich spürte
das Sonnenlicht tief in mein Haar dringen. Ein guter Herbst-
tag. Ein guter Tag, um Zwergkastanien suchen zu gehen,
aber ich setzte mich hin und schlief ein.

Als ich aufwachte, war es spät. Ich ging zu meinem
Laster zurück und fuhr nach Hause. Auf dem Weg überlegte ich, ob ich mich wohl stark genug fühlte, um Lachs
zu essen.

Das Flachwasser

Der Gesamteindruck hier beim Betrachten des breit über die Kiesbänke laufenden Flusses ist der von Licht in der Schwebe, als ob Licht auf einer Membran flirrte. Und von Tiefenlosigkeit. Das Gefälle des Flußbettes hier ist fast null, was die Bewegung des Wassers verlangsamt; Flachheit verstärkt den Eindruck der Transparenz und ein Gefühl für die Körnung der blankgeschliffenen Steine knapp unter Wasser. Wenn du dein Auge ganz nahe an die Oberfläche führst, scheint jeder Stein in Glycerin getaucht und dennoch scharf konturiert zu sein, als hielte man ihn im Sommerlicht dicht unter ein starkes Vergrößerungsglas. Eine Illusion – daß im durchdringenden und ausleuchtenden Sonnenschein ein Einblick in den Stein möglich wäre, daß alles Störende sich wegschälen oder abdecken ließe, wie bei der Vorbereitung einer Operation – wird gefördert.

Unterhalb des Lichts eine Tiefenlosigkeit, nähert sich die Schicht darunter der Oberfläche, als ob der Fluß sich dem prüfenden Blick darbieten wollte. Knie nieder, leg das Ohr ans Wasser; hinter seinem Plorp in einer Höhlung und dem schlürfenden Gurgeln durch labyrinthische Kiesel spielen die ferneren Töne seiner Fuge. Ein Notenheft liegt offen – Alt- und Sopranschlüssel, verbundene Noten und Triller, Doppelschläge, Zeichen für arpeggio und glissando. Tauch rasch dein Ohr ein – die Musik verstummt. Nimm

die Oberfläche des Flusses zwischen Daumen und Zeige-
finger. Diese Empfindungen sind ganz fein, unerwartet.

Tritt zurück. Das Licht, das auf die trockenen Steine
unter unseren Füßen fällt, wirkt lederig im Vergleich. Und
noch ein Unterschied: Das Licht auf dem trockenen Stein
ist direkt, strahlig, fast brutal, so starr, daß man sich bei
der Berührung einen Ton wie Kristall vorstellen kann, das
leicht mit dem Fingernagel angetippt wird; das kühlere
Licht auf den Steinen im Wasser dagegen ist indirekt,
kosend. Deshalb scheint ein Stein, wenn du ihn aus dem
Wasser reißt und trocknen läßt, zu schrumpeln. Es ist das
gleiche Phänomen, wie wenn du in der Abenddämmerung
an der Peripherie deines Gesichtsfeldes deutlicher sehen kannst. Eine indirekte Näherung, der Seitenblick der
Sonne durch das Wasser, bringt das ganze Wesen des von
Natur verhaltenen Steins heraus.

Die Fische sind im Flachwasser am ungeschütztesten
und schwimmen daher rasch hindurch. Eines Nachmittags sah ich hier einen Fischadler, der an einen Grizzly erinnerte, wie er am Wasserrand auf Lachse lauert. Ein Fisch
kam; er hob leichtflügelig ab und schnappte ihn aus dem
Wasser.

Hier, komm herüber; auf den Kiesbänken kannst du die
Dinge genauer betrachten. (Wir haben Glück mit dem
Wetter – Temperaturen um die dreißig Grad, wie ich höre.)
Schau nur, die Verschiedenheit der Steine. Vom Ufer aus
wirken diese Kiesbänke gleichförmig grau, aber bück dich,
und du siehst, daß das nicht stimmt. Es ist, als ob auf
den ersten Blick nichts preisgegeben würde. Du könntest das als das Bestreben des Steins ansehen, sich vor der
Zudringlichkeit der Unernsten zu schützen. Hier, schau dir
die an: der rote, Hornstein, eine Art Quarz; dieser streifig
graue, Basalt, der grünliche, ein Sedimentgestein, Schieferton, mit Kupfer gefleckt; der blaue – das ist ungewöhn-

lich: Chrysokoll, ein Silikat. Der weiße, Quarzit. Obsidian. Schwarzes Glas. Dieser braune, Andesit. Es ist beruhigend, die Namen zu hören, aber es ist nicht so wichtig, sie zu behalten. Es ist wichtiger zu sehen, daß dies Stücke der Erde sind, auf eine wesentliche Aussage reduziert, verdichtet, daß sie zu unseren Lebzeiten nicht zerfallen werden. Das ist einer der Unterschiede etwa zwischen Steinen und Blumen.

Früher habe ich immer ein paar Steine in den Fluß geworfen – schräg aus dem Handgelenk, so.

An einem Ort, wo der Fluß so langsam wird, sich über den Kies auszieht, ist es relativ einfach, Aspekte seines Lebens zu untersuchen, zu einem Verständnis seiner Geschichte zu gelangen. Siehst du zum Beispiel da, wo sich das Geröll zwischen den Felsen angesammelt hat? Ein Waschbärbarthaar. Ein Hemlockzweig. Eine tote Hummel. Eine wilde Orchidee. Ein Frauenhaarfarn. Dies sind trockene Blätter von irgendeiner Weidenart. Es gibt so viele Weiden, und alle können sich miteinander kreuzen. Jede auf einen Namen festzulegen, wäre, als wollte man jedem Rinnsal, das über die Bank hier rieselt, einen Namen geben und daran festhalten. Wer will die Grenzen ziehen? Und doch werden sie gezogen. Irgendwo hat dieses Blatt einen Namen, Salix hookeriana, Salix lasiandra.

Ein Stück vom Ei einer Wanderdrossel, vielleicht vom Raubzug eines Langschwanzwiesels übrig. Ein Eckchen Eibenrinde. Ein Weidenröschen. Ein Schneckenhaus – aus dem gleichen Stoff wie dein Fingernagel. Hier, klopf mal – oder wie die Klapper einer Klapperschlange. Laß es in deiner Hand herumrollen. Stell dir vor, was allein darin alles verschlüsselt ist. Die Ringe zu zählen, würde dir etwas sagen, aber niemand weiß genau, was. Vielleicht ist darin nichts weiter festgehalten als das Leid der Schnecken. Oh, das ist selten: Fuchshaare. Das siehst du an der Farbe.

Manche sagen, an der Art, wie sie spitz zulaufen, der Form. Dort oben hat irgendwo ein Fuchs gewechselt. Oder wurde von jemandem getötet.

Hinter den größeren Steinen – komm, gehen wir mal hin – haben sich in den Ritzen Reste ganz anderer Art abgelagert, eine Schicht Ahnung, die nur unter bestimmten Umständen sichtbar wird, oft nach einem Gewitter etwa, wenn die Luft plötzlich etwas Dreidimensionales hat und man meinen könnte, sie ließe sich fein säuberlich aufschlitzen und von innen untersuchen. Was du dann an den Felsen hängen siehst, so als schwebte es an den Seidenfäden von in der linden Luft wehenden Spinnweben, ist das Seufzen hoch dahinfliegender Spatzen. Das Jauchzen windgezauster Espen. Das Beharren von Flußkrebsen, das zögernde Nippen von Hirschen, die aus dem Schutz der Bäume getreten sind, die Umsicht einsamer Fische.

Und es gibt noch andere Eröffnungen darüber hinaus. Du kannst dir vorstellen, was sich an einem Ort wie diesem lernen ließe, wenn man sich Zeit nähme. Denk nur an die Gerüche, von denen sich vielleicht ein einzelnes Fähnchen im Gestein erschnuppern läßt: von Wildblüten (Lupinen, Berghundszahn, die weißen Blüten des Kanadischen Hornstrauchs, gelbe Staudensonnenblumen, rote Johannisbeeren), von Tieren (spitzzahniges Wiesel, glattpelziger Mink, helläugiger Fischermarder, Grizzlybär auf den Hinterkeulen beim Verzehr der Samenschoten des Hundszahns), von sonnenverbrannter Erde, den Geruch von Granit. Eben darin, in diesen unsichtbaren Ausdehnungen, enthüllt sich das Wesen des Flusses, liegt ein Hinweis auf das, was unbemerkt bleibt.

Wenn du dich lang auf die Steine legst – es wirkt komisch, ich weiß – wirst du fühlen – hier, genau –, wie die Wärme des Sonnenlichts aus den Steinen strahlt. Dreh den Kopf zur Seite, das Ohr auf den Stein, und du wirst die

Drehung der Erde um ihre Achse und das Mitgehen der Steine im Flußbett hören. Den Herzschlag von Lachslaich. Eines Tages hörte ich die Schritte von jemand meilenweit weg, der jemand andern verfolgte.

Wenn du in den Himmel hinaufschaust, gerade nach oben, acht oder zehn Meilen, kannst du dir die atmosphärischen Gezeiten vorstellen, Ozeane aus Luft, die in Ebbe und Flut je nach der Phase des Mondes an den Rand des Weltraums strömen. Ich glaube, hier auf den Kiesbänken zu liegen, kann nicht viel anders sein, als mit dem Rücken auf dem Grund des Ozeans zu liegen. Du kannst, wenn du willst, diese Sicht ausprobieren, ohne Angst vor Folgen. Die Gezeiten gehen weiter, so oder so.

Komm, gehen wir am Ufer entlang.

Der Fisch, den diese Strumpfbandnatter eben geschnappt hat, ist ein Weißfisch, der »dace« genannt wird, ein Verwandter des »creek chub«, ein Leben, das verborgener ist als die meisten. Die Schlange heißt Thamnophis couchi hydrophila, eine westliche Art. Du kannst das Namengeben so weit treiben, wie du willst. Einige der erfreulichsten Dinge – die Art, wie das Wasser sich um diesen Fels legt und abgleitet – haben keine Namen.

Du zitterst jetzt, aber du brauchst dich deswegen nicht zu beunruhigen. Die Steine hatten dich aufgewärmt: dir war zumute wie in die Erde gekuschelt. Beim Aufstehen legte sich Angst um deinen Rücken, du fühltest dich schutzlos. Das bedeutet es, die Erde zu verlassen. Aufzustehen, wie du es gelegentlich bei Bären siehst. Die eigentliche Erklärung dieser Bewegung liegt in einem jähen Erschrecken.

Ganz am Rand dieser Kiesbänke liegen einige der Nähte der Erde. Ein Mensch mit viel Mut und innerem Gleichgewicht könnte zwischen Wasser und Stein, dem Nassen und dem Trocknen, hindurchgleiten und würde vielleicht

nie zurückkommen. Aber ich denke, es braucht genauso-
viel Mut, hierzubleiben.

Ich habe stundenlang auf diesen Kiesbänken gestanden.
Ich habe die Sternbilder in Obsidianglassplittern gespie-
gelt gesehen. Meine Hände haben in der Dunkelheit zu ein-
samen Weiden hingefunden. Einmal lag ich tagelang regungslos da, bis Vögel, die mich für Treibholz hielten,
nahebei landeten und raunend von Pythagoras und Win-
den, die im Himalaya wehen, zu sprechen begannen.

Es tat mir leid, daß ich Steine in den Fluß geworfen
hatte.

Die Stromschnellen

Bitte. Bleiben Sie zurück.

Könnten Sie mir sagen, ob sich eine Spur von dem Boot gefunden hat?

Nein. Das heißt – bitte. Niemand weiß etwas.

Ist damit zu rechnen, daß alle Männer tot sind?

Die Kinder. Herrje, diese Leute müssen Kinder gehabt haben.

Dürfte ich Sie vielleicht etwas fragen?

Der Fluß ist die reinste Hölle hier.

Soll das heißen –

Sollten 'ne Plane drübertun.

Ich leb hier schon mein Leben lang.

Ja?

Und jedes Jahr die gleiche Geschichte. Wenn nicht hier, dann woanders.

Ich bin sicher, sie waren zu dritt im Boot, als es gegen die Stämme prallte.

Ja, nehme ich auch an.

Siebzehn Leute hier seit 1970.

Sollte verboten werden. Polizeilich verboten.

Entschuldigung, würden Sie sagen, daß der Fluß, also ein wilder Fluß wie der hier, einen Tribut fordert?

Was?

Müssen die Menschen einen Preis bezahlen, um diesen Fluß zu benutzen?

Mensch, wenn ein Baum auf Sie drauffällt, würden Sie sagen, der Wald fordert einen Tribut?

Was ich sagen wollte –

Vielleicht ertrinken Sie mal. Wollen Sie, daß Ihre Frau sagt, er hat den Preis bezahlt?

Und grad wenn du am wenigsten damit rechnest, Mann, genau wie die hier.

Diese Leute wußten doch todsicher, daß die Stromschnellen hier gefährlich sind.

Rein sind sie trotzdem.

Und haben dafür bezahlt.

Genau meine Rede.

Wir reden nicht vom selben Preis.

Entschuldigen Sie, haben Sie den Unfall gesehen?

Nein.

Könnten Sie mir dann sagen, was Sie darüber wissen?

Schreiben Sie: Collier Papids. So heißt dieser Ort hier.

Würden Sie – sind möglicherweise irgendwelche Mitglieder der Familie hier, die Sie mir zeigen könnten?

Herrje, seht mal da im Wasser, unter dem Katarakt.

Wie alt ist der Mann? Vierundzwanzig? Fünfundzwanzig? Ein Jammer ist das. Und seht mal, den Trauring. Er ist verheiratet.

Also, ich kann es einfach nicht mit ansehen, wenn jemand umkommt. Es ist so überflüssig.

Wenn Sie's auf der Seite probieren, ist es gar nicht so schlimm, aber auf der andern Seite, und Ihr letztes Stündlein hat geschlagen.

Hören Sie, es war kein Mensch hier, als es passiert ist. Wenn Sie es ganz genau wissen wollen, dann gehen Sie einfach mal da hinüber und sehen selbst. In das Loch könnte man eine Lokomotive werfen und würde sie nie wiederfinden.

Entschuldigung, sind Sie von hier?

Nein, ich bin nur gerade vorbeigekommen.

Könnten Sie bitte zurücktreten?

Der da will einen Artikel schreiben und redet deshalb mit Leuten, die keine Antwort wissen. Sie sollten sich ein Boot nehmen und es selber ausprobieren. Das beantwortet Ihnen alles.

Deswegen brauchen Sie mich nicht anzuschreien. Hier sind Menschen ertrunken. Jemand hat gesagt, siebzehn in den letzten paar Jahren. Das ist doch schrecklich. Es ist sehr schlimm für die Leute.

Was hier schlimm ist, ist der Fluß.

Mein Gott, seht nur, wie weiß seine Hände sind. Warum legen die ihm nicht eine Jacke übers Gesicht?

Herr Wachtmeister, ich glaube, einer dieser armen Männer war gestern abend bei Nesmith an der Tankstelle. In einem Pritschenwagen mit einem Boot hintendran. Hat einen Hund bei sich gehabt, 'ne Art Collie.

Sie suchen jemand mit einer Erklärung für zwei tote Männer und was noch von einem Boot übrig ist.

Das Boot? Wo?

Da, im Wasser.

Die Leute wollen informiert werden.

Über diese Toten und ein kaputtes Boot? Was hätten sie davon?

Sie sollten ihnen sagen, daß sie die Finger von Sachen lassen sollen, wo sie keine Ahnung von haben. Diese Männer hier sind in den falschen Katarakt rein. Das muß schiefgehen, wenn das Wasser so hoch ist.

Man muß wissen, was man tut.

Seht mal, dem hat's sogar die Schuhe weg. Und ich – lieber Himmel – ich hab grad meinem Mann eine Hose wie die da gekauft. Ich bring sie sofort zurück.

Können Sie sich vorstellen, was in denen vorging, als

sie ihren Irrtum merkten, was das für eine Verlassenheit
gewesen sein muß?

Verzeihung, kannten Sie diese Leute?

Ich?

Ja.

Nein.

Eine Reihe von Leuten sind hier in den letzten paar Jahren ertrunken. Darf ich fragen, ob Sie je bei einer Bergung
dabei waren – ich nehme an, Sie sind von hier?

Ja. Meine Frau ist 1947 hier ertrunken.

In Ihrem Beisein?

Wir waren auf den Felsen weiter oben angeln. Die Strömung riß unser Boot los, und wir kamen nicht mehr weg.
Wir konnten nicht schwimmen, alle beide nicht. Wir versuchten zurückzukommen, von Fels zu Fels zu springen.
Immer wieder rutschten wir ab und wurden jedesmal weiter den Fluß hinuntergetragen. Ich hielt mich an einem Felsen fest, sie an meinem Fuß. Sie war eine kleine Frau, nicht
größer als so. Sie hat mich an den Haaren herausgezogen,
direkt aus dem Maul von einem dieser Katarakte. Wir saßen auf einem kleinen Felsen fest, und es wurde dunkel.
Wir wußten, daß niemand in einem Boot so weit hinunter-
kommen würde. Wir lagen die ganze Nacht zitternd da.
Am Morgen sah es so aus, als wäre das Wasser ein wenig
gefallen. Wir beschlossen, bis zum Nachmittag zu warten.
Wir saßen da, hielten uns an den Händen. Ich wollte es
allein versuchen, irgendwie mit Hilfe zurückkommen. Als
es soweit war, umarmten wir uns. Ich bin hineingesprun-
gen, und ich hörte sie plötzlich oberhalb von mir hinein-
springen. Sie konnte sich kurz an mir halten, dann war sie
weg. Ich bin ans Ufer gekommen. Ich habe sie nie wieder-
gesehen. Ich bin nach unten gelaufen, am Ufer entlang, und
habe ihren Namen gerufen. Ich habe tagelang nach ihr gesucht.

Das tut mir sehr leid.

Manchmal soll es wohl so sein.

Aber Sie sind trotzdem hier wohnen geblieben?

Ja. Es lebt sich am leichtesten da, wo man verstehen kann.

Den Tod? Sie verstehen den Tod?

Nein. Eher das mit der Wut. Mit der Schuld.

Das ist eine sehr bewegende Geschichte.

Ja. Gut, ich muß jetzt gehen. Viel Glück Ihnen. Wissen Sie, ich bin hierhergekommen, um einen Artikel über die Leute zu schreiben, die hier ertrunken sind. Jetzt könnte es sein, glaube ich, daß ich ihn aus einem andern Gesichtspunkt schreibe, einem andern Blickwinkel.

Ja. Ja, das wäre vielleicht gut.

Der Lachs

Es gibt nie, sinnierte er, einen Punkt der Gewißheit, nur die Illusion. Und während er zwischen den Felsen in der Mitte des Flusses arbeitete, dachte er tief darüber nach, so tief, daß er, wären seine Bewegungen nicht automatisch gewesen, von den Felsen in den Fluß gefallen und davongetragen worden wäre.

Im Sommerlicht, selbst bei der um ihn herum aufsteigenden Kühle des Wassers, war er zu nichts anderem imstande als Denken; und diese Ablenkung erschöpfte ihn und nahm ihn mit, so daß die körperliche Erschöpfung, die er am Ende des Tages spürte, etwas war, in das er sich sinken ließ wie in ein heißes Bad. Seine Gedanken drehten sich oft um Zärtlichkeit. Und er versuchte, mit seinem Wuchten (der Steine, der Resonanz zwischen der Idee in seinem Kopf und der Arbeit seiner Hände bewußt) hinter Geheimnisse zu kommen, die so unerbittlich blieben wie die Außenseiten der Steine.

Im Sommer war die Arbeit leichter; im Winter fürchtete er Überschwemmungen. Er war immer klamm, und er rutschte dann häufiger auf den Felsen aus. An den schlimmsten Tagen im Winter verstand er sich selbst nicht mehr, und sein Tun erschien ihm lächerlich. Im Sommer fühlte er das Sonnenlicht auf seinem Rücken, wenn er sich wie ein Kranich über den Sander von den Gletschern

beugte, und er genoß es, wie das Licht seine breiten Rük-
kenmuskeln wärmte; und wenn der Wind wehte, so, daß
das Licht Gewicht zu haben schien, stellte er sich vor, daß
er sich in den Wind einschmiegte wie eine Forelle, die still
in einer tiefen Strömung stand.

Seine Hände fuhren mit einer raubtierhaften Behendig-
keit über die Steine (über Granit, gesprenkelten Gabbro
und rote Basaltlaibe), schnellten zu Steinen, die sein Auge
eben erst verlassen hatte, griffen, warfen in runden Bewegungen, rund wie sein nackter Rücken im Licht. Er schien
seiner selbst so sicher zu sein wie ein angreifender Puma.

Einige Sachen wußte er sicher: daß Lachse zum Laichen
vom Ozean zurückkehren; daß er einen Einzentnerstein
heben konnte; daß es am Abend immer kühler war.

Nachts saß er auf der Veranda und blickte stundenlang
auf den Haufen seiner Steine, und ausgehend vom Skelett
der Idee stellte er sich vor, wie er weitermachen würde.
Es gab technische Probleme, Fragen der Physik. Ästheti-
sche Schwierigkeiten mußten überwunden werden, hauptsächlich solche der Farbe und des Oberflächeneindrucks
der Materialien, mit denen er zu arbeiten hatte, aber auch
solche des Eindrucks und der, teils jahreszeitlich beding-
ten, Farben der Bäume – Ahorn, Esche, Zeder, Erle und
Pappel – am andern Ufer, die den Hintergrund bildeten.
Es gab anatomische Details zu beachten, ein Problem nicht
nur äußerer Genauigkeit, sondern auch einer Lebensecht-
heit, die für sein Gefühl das Herz der Sache treffen mußte.
Er würde eins nach dem andern lösen.

Aus jedem mit Denken verbrachten Abend zog er die
Energie, weiterzumachen, am nächsten Morgen aufzustehen und all das erinnernd, was er sich überlegt hatte, an
die Arbeit zu gehen, denn sie war (hatte man ihm erklärt)
ein Wahnsinn, und er wollte nichts mehr als vernünftig
sein.

Die Kiesbank lag wie ein Fisch im Wasser, Kopf flußaufwärts, die dunkle Rückenfläche der Sonne geboten.
Treibholzstöcke säuberlich aufgestapelt auf dem Mittel-
grat, wie die umgelegten Stacheln einer Flosse, die dunklen
Steine mit dem Aussehen von Schuppen – das Ganze mit
einer unsagbaren Aura der Unbeständigkeit, eine Folge der
täglichen Veränderung und des ewigen Wartens, von wan-
dernden Fischen und liegenden Steinen.

Er hatte das Treibholz abgeräumt. Er hatte am oberen
Ende der Bank ein Holzbollwerk errichtet, um die Wucht
des Hochwassers abzulenken, bis er fertig war, sein einziges praktisches Zugeständnis, im Flußbett verankert, im
Grundgestein. Außerdem noch das Gitter, das er aus Stahl-
stäben geschweißt hatte und als Seitenstütze nahm. Die
Steine warf er unsortiert und lose hinein, nur nicht auf der
Oberfläche, wo sie aneinandergepaßt wurden, so daß sie
ohne Mörtel eine Kurve mit doppelter Krümmung hielten.
Er hatte die Steine vom Ober- und Unterlauf zusammengetragen (das allein zwei Jahre Arbeit) und sie sortiert (ein
weiteres Jahr): grüner Schieferton und gelber Sandstein,
roter Schiefer und grauschattierter Gneis, blauer Azurit,
roter Quarz und milchweißer Calcit. Den Effekt des Schil-
lerns und Durchscheinens erzielte er mit einzelnen Steinen
und Steinchen, Achat, Jaspis und Opal, die er zum Teil weit
hergeholt hatte, manche sogar von der Mündung des Flusses.

Weil seine Brüder bei seinem Vater Gnade gefunden hatten und er nicht, dachte er. So einfach. Und eine Frau, die
verrückt geworden war (die Fische steigen in den Fluß ein),
nicht wegen etwas, was er oder was sie getan hätte, sondern wegen des Bleigewichts ihrer Familie (und schwimmen flußaufwärts), wegen deren Verkorkstheit und Gries-
grämigkeit, Generationen von Fehlern, in denen sie ein
plötzlicher Lichtblick gewesen war, und dafür hatten sie sie

gehaßt. Sie hatten Angst gehabt, Kinder zu bekommen. Sie lebte jetzt bei ihrer Schwester (kommen zum Oberlauf), resorbiert wie verbrauchter Sauerstoff, in einer für ihn unzugänglichen Ruhe, vergessen bis auf den Rest von ihr, der wie ein Klumpen in ihm lag. Er glaubte an ausgleichende Gerechtigkeit (kommen zum Oberlauf), daß andere genauso schwer litten, wie er gelitten hatte. Er war ohne Berechnung (um zu laichen) oder Falsch. Und besessen.

Eines Abends, im Sumpf seines Denkens versunken, lehnte er sich in einem Augenblick wankenden Vertrauens an das Stahlgerüst, als wollte er weinen, aus einer namenlosen Verzweiflung heraus, und er hörte durch die Stahlstangen das Murmeln der Erde aus dem Grundgestein heraufkommen – er sah einen Schwarm Gänsesäger wie ein Seufzen flußabwärts ziehen, roch Sonnenschein auf tausend Steinen, wußte vom Hinschauen, wie kalt das Wasser an seinem Bauch sein würde, und daß er nahe dem Herzen war.

Die Stube, in der er schlief, war kahl wie ein Zimmer in einem verlassenen Hotel, aber ihm kam sie nicht leer vor, nur karg und aufgeräumt. Ein einziges Brett mit Büchern, hauptsächlich über die Naturkunde der Salmonidae, und ein winziges Schreibpult, dessen Beinchen es fast nicht trugen, wenn er daran arbeitete (grübelte er mitunter), doch nur fast. Hier schrieb er an manchen Abenden, doch nur, wenn er sich ruhig fühlte (wenn er aufgewühlt war, war es qualvoll), über die Schwierigkeiten mit seinem Vater und von den Dingen, die in seinem Leben zergangen waren wie eine im Wind zerblätternde Schmetterlingspuppe. Er schrieb dann, bis er einen Punkt des Gleichgewichts fand – und stand dann von dem Schreibheft auf, als spränge er aus einem kleinen Flugzeug. An andern Abenden schrieb er in einer ordentlicheren Handschrift und mit großer Weitschweifigkeit, manchmal bis zum Morgengrauen: über Lachse, über die Zuverlässigkeit ihrer Wanderung vom Meer, über die unwiderlegliche Sichtbarkeit für jedermann. In den Jahren bis dahin, in den schlimmsten Zeiten, hatte er diese Idee wie eine Walnuß in seiner Faust gehalten, die Beständigkeit daran geliebt, den Sinn. Auf diese Weise war er auf den Steinfisch gekommen.

Im Winter des vierten Jahres bekam der Fisch allmählich ein fertiges Aussehen. Diese kalten Monate hindurch bis in den Frühling hinein arbeitete er mit einer Gemächlichkeit, die trotz der Größe der Aufgabe den täglichen Fortschritt erkennen ließ und sich auch heilsam auf seinen Kopf auswirkte. Er dachte weniger an das ganze Unglück in seinem Leben, nicht mehr (überlegte er) als die Drehung der Erde, und konzentrierte sich statt dessen auf die heilige Ordnung, in deren Mittelpunkt die Lachse standen, die flußaufwärts kamen, um zu laichen und zu sterben.

Der Fisch war fünfundzwanzig Meter lang, an der Rückenflosse zwei Meter achtzig hoch, Oncorhynchus nerka, ein männlicher Blaurückenlachs mit den Veränderungen zur Zeit der Laichwanderung – der starke Unterkieferhaken, das kräftig rote Kleid –, mit dem Habitus eines Sumoringers, so japanisch in seiner Farbe, in der Ausschließlichkeit seines Wollens, wie ein Samurai. In Bauchlage mit zur Seite schlagender Schwanzflosse war er mitten in einer explosiven Bewegung gebannt. Die natürliche Wappenform seiner Schuppen half die Steinkonstruktion weitgehend verbergen, aber er war in der Wahl der Steine so sorgfältig gewesen, daß das Gelingen in dieser Beziehung fast unvermeidlich gewesen war. Die beunruhigende Echtheit, das Gefühl der Belebtheit, wurde noch erhöht durch die vollkommene Farbschattierung, die glatten, regenglänzenden Flanken und die Augen des Fisches aus handgeschliffenem Lapislazuli, die kaum sichtbaren Zähne aus weißem

Quarz und den schmalen Einblick in die Tiefe eines höhligen, dunklen Rachens.

Mitte September stiegen die Lachse in die Mündung des Flusses ein, zweihundert Meilen weiter unten, und Anfang Oktober brachen sie über ihn herein, Tausende und Abertausende von Fischen, so viele, daß sie sich, wo der Fluß schmaler wurde, gegenseitig an die Ufer drückten. Die Bewegung war blindwütig, urtümlich. Jahr für Jahr hatte er sie zuletzt in die kleinen Rieselbäche kommen sehen, wo sie sich mit milchig weiß gewaschenen klaffenden Wunden auf eine Seite legten, so daß eine Kieme unter Wasser blieb, und so atmeten, weiterschwammen in ein Becken, ablaichten, ihre Eier in eine mit Schwanzschlägen gewühlte Grube laufen ließen, über die die halbverhungerten Männchen mit glasigen Augen ihre Milch spritzten, daß sich der Samenerguß wie Zirruswolken über die Eier legte. Sie starben binnen weniger Tage, und von ihren Überresten ernährten sich dann ihre Kinder. Dies alles erschütterte ihn.

In diesem Jahr war es nicht anders. Mitte September zogen die Lachse, die als junge Fischlein denselben Fluß einst hinuntergetragen worden waren, erneut die von der mineralischen Gletscherschmelze blaugrünen Gewässer hinauf. Sie wogten durch das weiße Wasser eines zuschießenden Baches, in den manche einbogen, alle mit dem nötigen sicheren Gespür. Sie nahmen nichts zu sich, warfen sich vom Flußgrund in das Tosen der Wasserfälle und Stromschnellen, wo sie verstümmelt wurden und umkamen, und manche schafften es und zogen weiter, träumten vielleicht vom heimischen Ozean und von milderen Strömen.

In diesen letzten Monaten wurde er fertig. Was ihm über die Jahre Abend für Abend vorgeschwebt hatte, war bewerkstelligt, und es stand vor ihm als das Faktum, dem er am meisten vertraute. In den Tagen des Wartens auf die Lachse erreichte er eine Stufe innerer Abgeklärtheit, die intensiver war als alle früheren. Unter diesem beruhigenden Einfluß beschloß er spontan, Japanisch zu lernen. Die Verbindung zwischen den Fischen und der Kultur erschien ihm ebenso ungereimt wie passend. Er konnte sich vorstellen, daß Lachse beschlossen, in japanischen Häusern zu leben, die etwas vom Ozean an sich hatten, wie unter Wasser wirkten. Es erschien ihm denkbar, daß die Fische die Schriftzeichen verwandten, die sehr an sie erinnerten, daß sie etwaige Mitteilungen in dieser Form hinterließen, und auf Reispapier, das so zart und so fest war wie die Wände des Hauses.

Eines Abends im Oktober, als er sich allmählich besorgte, die Fische könnten diesmal ausbleiben, brauste ein schweres Unwetter das Tal hinauf. Der große Steinfisch gleißte, als wäre er just in dem Moment aufgetaucht. Beim Gang dorthin war er von einem wilden Stolz auf seine Form erfüllt, und er wandte sich mit diesem Gedanken flußabwärts. Im flachen Wasser ein paar hundert Meter weiter – die Sicht war schlecht, aber durch die vom Regen zersplitterte Oberfläche des Flusses war es mit einer Deutlichkeit zu erkennen, die ihn bestürzte – waren Lachse: so weit sein Auge reichte, glitzerten ihre dunklen Rücken. Einige Augenblicke lang war ihm nicht klar, was sie machten, daß sie langsam umdrehten. Der Regen, den der Wind in Böen heranpeitschte, gab eine Geräuschkulisse, die ihn vor Panik bewahrte, aber aller Mut fiel von seinem Herzen. Er drehte sich zu dem Steinfisch flußauf um, sah ein wild blickendes Lapislazuliauge mit schwarzglänzender Obsidianpupille in dem gedrehten Kopf, den klaffenden Schlund, und plötzlich schlug ihm aus dem Steinwerk die Tiefe seiner Verzweiflung entgegen – die Seiten seines Heftes, die Worte, hingehämmert wie dieser Regen auf seinen Schultern. Überwältigt von der Einsicht in die Vermessenheit seines Werks, das durch seine Perfektion nur noch grotesker wurde, watete er wie von Sinnen in das Wasser, wo die Fische wild durcheinanderwogten und umzukehren suchten. Er taumelte zwischen sie, versuchte eine Entschuldigung zum Ausdruck zu bringen, legte seine Finger auf ihre dunklen Rücken, bis sie fort waren, bis er merkte, daß sie fort waren.

Er hielt sich die Hände vors Gesicht, und eine Weile, während der Dunst des Regens abzog, stellte er sich vor, was sie sagen würden. Daß es die Gegenwart des Steinfisches war, die sie beleidigt hatte (er bemühte sich, die Respektlosigkeit des Ganzen zu begreifen, wie hoffnungslos anmaßend es gewirkt haben mußte), daß er eine Angstgeburt war, was selbst Lachse erkannten, und so schnell wie ein Alptraum abgeschüttelt werden mußte, damit das Leben weitergehen konnte.

Als er neben dem Fisch stand, erkannte er zum erstenmal, wie makellos er war, daß er nirgendwo die Wunden der Laichwanderung zeigte. Er dachte daran, ihn abzutragen, nahm aber statt dessen nur die Obsidianpupillen aus den Lapislazuliaugen und ließ sie, ohne hinzuschauen, in das vorbeischießende Wasser fallen, während er zum andern Ufer hinüberschritt.

In späteren Jahren schrieb er in schöner japanischer Handschrift Gedichte, in denen sich das Steinwerk von Machu Picchu und der ziellose Flug von Schmetterlingen die Waage hielten. Auf diese Weise gewann er langsam sein Leben wieder.

Hanners Geschichte

Es gibt Leute, die sagen, daß es früher in diesem Tal besser war, daß vor vielen Jahren das Leben hier anders war. Ich habe mir diese Geschichten geduldig angehört. Sie sind idyllisierend und weit hergeholt. Ich glaube, sie drücken ein Hoffen und Sehnen auf seiten derjenigen aus, die sie erzählen, den Wunsch nach einem geordneteren Leben, nach einem Leben, das ihnen letzten Endes nicht so hart mitspielt. Diese Geschichten – sie werden Sheffield-Geschichten genannt – werden hauptsächlich von den Älteren erzählt, den lebenslang hier Ansässigen, und eifernd, wie um jedes aufkommende Mißtrauen im Zuhörer zu unterdrükken und zu ersticken. Ich höre ihnen weiter zu, obwohl bei der Einstellung, die sie haben, jetzt keine Aussicht mehr bestehen dürfte, daß sie das Detail mitteilen, das ich hören möchte.

Es gibt einen Mann namens Hanner, einen ehemaligen Fremdenführer auf dem Fluß, der in seiner Jugend im Wald gearbeitet hat (wie die meisten Männer hier), in dessen Händen Drahtseil und Angelschnur und Messer ihre tiefen Spuren hinterlassen haben, der sich offenbar ganz einer tiefen Verbitterung hingegeben hat. Ihre Wurzeln mögen älter sein, aber er ist im späteren Leben von vielen tragischen Ereignissen heimgesucht worden. Sein einziger Sohn kam wegen eines Vergehens an einem Kind ins Gefängnis. Seine

Frau starb an Leukämie, langsam und bevor er zu arbeiten aufhörte. Rowdys haben mehrmals die Windschutzscheibe seines Wagens zerschlagen und seine Pferde losgelassen. Eines der Pferde, eine Rotschimmelstute, die er nie ritt, kam vor einen Schulbus und starb. Er lebt ohne Angehörige. Er macht tagsüber wenig anderes, als von einem Café zum andern zu ziehen, Kaffee zu trinken und schweigend den Geschichten ringsherum zu lauschen. Manchmal erzählt er Geschichten, vom Fischen. Von Auswärtigen, die er den Fluß hinuntergeführt hat. Die Leute halten ihn für mürrisch, verschlossen und unverständig. Aber er hat sein ganzes Leben hier verbracht, und sie sagen, er sei scharfsichtig; und das könne doch der Aufmerksamkeit von einem wie mir, haben sie gesagt, der eine Geschichte immer belegt haben wolle, nicht entgehen.

Dies alles ließ mich denken: Er wird nicht lügen.

Als ich Hanner zum erstenmal begegnete, stand er mit den Händen in den Taschen seiner Khakihosen ein Stück entfernt, eine Silhouette im Tunnel seiner offenen Scheune vor einem blaßblauen Sommerhimmel. Ich wußte den Weg nicht und war auf der Suche nach einem Ortskundigen viel weiter auf sein Grundstück gekommen, als ich wollte. Er schien gar nichts zu tun; mit einer leichten Kopfdrehung nahm er von mir Notiz, als ich ihn ansprach. Er war distanziert, aber seine Auskünfte waren deutlich, und als ich weiterging, fand ich meinen Weg ohne Probleme.

Ich ging an dem Tag mit einem Kloß im Hals von der Scheune fort, denn ich hatte den Eindruck, daß Hanner trotz der allgemeinen Geringschätzung etwas Entlegenes und Wildes zu fassen hatte.

Als wir uns das nächste Mal begegneten, hatte ich Gelegenheit, ihn im Auto mitzunehmen. Er hätte mich nicht angehalten; sein Pritschenwagen war kaputt (ich hatte ihn in der Stadt gesehen, an der Tankstelle), und als ich ihn mit einer großen braunen Tüte auf dem Arm die Straße entlanggehen sah und langsamer fuhr, erkannte ich ihn und bot an, ihn mitzunehmen. Ich setzte ihn zu Hause ab. Er war sehr freundlich, aber lud mich nicht zum Essen ein. Das dritte Mal sah ich ihn eines Abends. Er stand allein in der Mitte einer einspurigen Holzabfuhrbrücke und schaute nach unten auf den Fluß. Wieder weiß ich nicht, was er machte. Vielleicht dachte er an Selbstmord. Ich blieb auf der Brücke stehen. Er drehte sich um; wir sahen uns an. Es war deutlich, daß ich störte, doch als ich gehen wollte, hielt er mich mit erhobenen Händen zurück und sagte, er käme mit. Ich war überrascht, daß noch jemand meine Angewohnheit hatte, im Dunkeln spazierenzugehen, aber erkundigte mich statt dessen nach den Geschichten.

Er ächzte wie von einer starken Unterströmung gepackt, einer Verpflichtung, die eine Ablenkung von seinen Angelegenheiten bedeutete. Aber eine Verpflichtung. Seine umsichtige Art, dachte ich mir, wäre ein Pluspunkt, wenn es um die Details solcher Träume ging, wie ich sie gehört hatte – sofern man wirklich daran interessiert war, was sich zugetragen hatte, wie ich es zu einem gewissen Grad war.

Alles Quatsch, erklärte er, diese Geschichten von Sheffield. Erzählt von desillusionierten Leuten (ich zog im Dunkeln die Augenbrauen hoch), die mehr sein wollten, als sie tatsächlich waren, oder weh tun. Er selbst sei verbittert über Ereignisse in seinem eigenen Leben, aber (ich fühlte, wie er den Kopf schüttelte, während wir am Rand der Straße unter den Bäumen dahingingen) er mache sich nichts vor. Er lebe sein Leben im Augenblick, so herb es war, und gebe niemandem eine Schuld. Er sehe in den Sheffield-Geschichten nichts als nostalgische Schwäche. Sie ließen einen leer, sagte er, wenn man sie hörte, weil sie voll von einer Art Hoffnung seien, die das Leben beleidigte. Sie seien respektlos, sagte er.

Der geschichtliche Kern, auf den die Geschichten zurückgehen, ist schnell erzählt. Im Jahre 1841 kam ein
Mann aus Illinois namens William Alder in das Tal und
gründete eine weltliche Lebens- und Gütergemeinschaft
wie die in New Harmony. Sie wurde Sheffield genannt nach
der ersten Familie, die ein Kind bekam, ein Mädchen
namens Wilhelmina, und die Gemeinschaft wuchs und
gedieh, vor allem wegen der guten Lage. Es gab reichen
Schwemmlandboden in der Flußebene, und es gab offene
Wiesen zwischen Eichen- und Escheninseln, auf denen
man bauen und pflanzen konnte, ohne roden zu müssen. Der Wildbestand war reich und das Winterwetter
regnerisch, aber mild. (An diesem Punkt, wenn mir die
ursprüngliche Schönheit der Gegend ausgemalt wurde,
kamen die üppigsten Ausschmückungen und trat etwas
Weihevolles in die Stimmen.) Aber das Glück meinte es
noch besser mit ihnen. Bei ihrer ersten Fahrt zum Ozean,
nur siebzig Meilen weiter westlich, fanden sie ein Schiffs-
wrack mit intaktem Rumpf und weitgehend trockenen
und unberührten Vorräten. Es gab Steinsalz, Kupferboden-
beschläge, Eisengeräte, Kalikostoff – es läßt sich schwer
sicher sagen, was genau gefunden wurde, aber sie schafften alles in mehreren Fahrten heim ins Tal, und zwar in
einem der Rettungsboote des Schiffes, das allein schon ein
guter Fund war.

Es gab noch einen dritten Faktor, der bei dem Erfolg der
Gemeinschaft zu berücksichtigen ist, und obwohl er selten
herausgestellt wird, scheint er mir der wichtigste zu sein.
Er betrifft die Art, wie die Gemeinschaft von den Quotaka
aufgenommen wurde, dem eingeborenen Volk der Region.
Sie waren ein hochgewachsener, athabaskisch sprechender
Menschenschlag, der sich in den Tagebüchern von Robert
Grau, Donald McKenzie und andern frühen Reisenden als
außerordentlich feindselig und tückisch geschildert findet.

Bei den Quotaka gab es einen Medizinmann namens Elishtanak. Unglaublicherweise war er äußerlich in jeder Beziehung William Alders Doppelgänger. Es scheint, daß die
Quotaka das positiv aufnahmen, denn offenbar duldeten
sie die Anwesenheit der Siedler vom ersten Augenblick an.
Es hätte genausogut verhängnisvoll sein können; sie hätten
die unheimliche Ähnlichkeit für blasphemisch halten und
alle umbringen können. So jedoch blieben die Sheffield-
Gruppe und die Quotaka in enger Beziehung. Es gab eine
oder zwei Mischehen, wenn es auch so aussieht, als wären
sonst keine förmlichen Bande geknüpft worden. (Ich stütze
mich hier hauptsächlich auf William Alders Tagebuch.)
Nach diesen Anfangsjahren des Zusammengehens von Fall
zu Fall fielen die Quotaka samt und sonders einer Pocken-
epidemie zum Opfer, von der die Sheffield-Gemeinschaft
ziemlich verschont blieb.

Es ist diese frühe idyllische Zeit der gegenseitigen Hilfe
zwischen 1843 und 1847 oder 1848, die in den Geschichten, die ich gehört habe, meistens als Epiphanie erscheint.
Es gibt nie eine Auflösung der Spannung. Es endet immer
mit Verzückung im Gesicht des Erzählers; einem ernsten,
forschenden Blick auf den Zuhörer und einer Wehmut, die
mich unangenehm berührt.

Die Geschichte schien für den Erzähler oft nicht mehr
zu sein als ein außergewöhnlicher Tatsachenbericht, der
die natürlichen Gegebenheiten des Landstrichs verklärte
und naiv zu christlicher Tugend anhielt, aber man zögerte
doch, zynisch zu sein. Die verschiedenen Ausschmückungen hoben außer der Schönheit der Region das arglose
gegenseitige Teilen und Helfen, die allgemeine Gewalt-
losigkeit und das gute Verhältnis zu den Quotaka hervor.
Dies war der Punkt, an dem ich langsam ein wenig ungeduldig wurde und den Eindruck bekam, daß hier ein
wichtiger Faden verlorengegangen war. Noch mehr störte

mich, daß es unter all den Episoden so wenige gab, die auf die Quotaka eingingen – oder auf das eigentliche Rätsel von Sheffield: Im Jahre 1857 fand ein wandernder Blechschmied eines Nachmittags die Siedlung verlassen vor. Keinerlei erklärende Mitteilung. Zeichen einer lokalen Überschwemmung, aber sonst kein Zeichen von Not. Keinen aus der Gemeinschaft sah man jemals wieder.

Trotz dieser Schwierigkeiten war ich von Anfang an von diesen Geschichten gefesselt, die in den Cafés und Wirtshäusern zu hören waren, oder wenn ich gelegentlich bei jemand zu Hause zum Essen eingeladen war. Ich überprüfte einige der Einzelheiten in Bibliotheken und Archiven. Aus Alders Tagebuch, das er bis 1854 geführt hatte, und anderen Dokumenten aus der Zeit ergab sich der Eindruck, daß es der Gemeinschaft ungewöhnlich gut gegangen war. Aber es brach ebenfalls ab, und niemand, mit dem ich sprach, wollte darüber reden oder hielt es auch nur für wichtig. Sie mochten nur den ersten Teil der Geschichte.

An dem Abend, als Hanner und ich zusammen die Straße hinuntergingen, erzählte er mir, daß seines Erachtens die Sheffield-Gemeinschaft am Ende gescheitert sei, wie alle solche idealistischen Gruppen scheiterten; daß die Leute genauso streitsüchtig gewesen seien wie in jeder andern Gruppe, so voll vom Gefühl ihrer kulturellen Überlegenheit und letztlich von der Sorge um das eigene Wohlergehen. Die Quotaka interessierten ihn mehr. Ein Quotaka, sagte er, habe ihm beigebracht, wie man Fische fängt.

Wir gingen schweigend dahin. Ich hatte vor, Hanner über bestimmte Punkte genau auszuhorchen, als er plötzlich zu sprechen begann.

»Der Mann hieß Elishtanak. Als mein Vater starb, kam er und fragte meine Mutter, ob er mich zum Fischen

mitnehmen dürfe, und er machte sich das zur Gewohn-
heit. Er verstand sich aufs Fischen, und er brachte mir bei,
die darin enthaltenen Verpflichtungen und gegenseitigen
Rücksichten zu verstehen. Er saß mit mir am Ufer des Flusses und sprach über Stahlkopfforellen und Quinnats, wie
es besser nirgends geschrieben steht. Ich habe diesen
Fluß befischt, wie er es mir gezeigt hat, und besser als jeder andere. Und Tag für Tag erfüllte mich dabei das Gefühl
meiner Selbstsicherheit, daß ich, weil ich mich darauf verstand, alles bestehen könnte.

Elishtanak erzählte mir eine Geschichte. Einmal« (Hanners Stimme veränderte sich auf eine Weise, daß sich mir
die Haare im Nacken aufstellten und ich mich unwillkür-
lich vorbeugte, als wollte etwas im Dunkeln über mich her-
fallen) »bevor in diesem Tal Menschenvolk umging, war
das Bärenvolk da. Die Bären hatten eine Vereinbarung mit
den Lachsen.« Hanner legte sich die Finger an die Stirn, als
käme ihm gerade die Erinnerung wieder. »Die Lachse wollten jeden Herbst zum Oberlauf des Flusses kommen, und
die Bären wollten das anerkennen und nehmen, was sie
brauchten. So war es mit allem. Alle beachteten bestimmte
Vereinbarungen und nahmen bestimmte Rücksichten.
Aber das Lachsvolk und das Bärenvolk hatten keine Vereinbarung mit dem Fluß getroffen. Er war übersehen worden. Niemand hielt es überhaupt für nötig. Es war aber nötig. Einen Herbst zog sich der Fluß in den Küstenwaldsaum
zurück und ließ die Lachse aus dem Ozean nicht hinein.
Wenn sie es versuchten, zog sich der Fluß jedesmal zurück und ließ die Lachse am Strand auf dem Trockenen liegen. Es gab eine lange Auseinandersetzung, viele Reden.
Schließlich ließ der Fluß die Lachse ein. Doch als die
Lachse in diese Gegend kamen, wo die Bären lebten, fing
der Fluß an, in zwei Richtungen gleichzeitig zu fließen, auf
der einen Seite nach Norden, auf der andern nach Süden,

toste, schwoll, schäumte und wälzte schwere Felsblöcke an die Ufer. Dann war der Fluß plötzlich still. Die Lachse hatten Angst, sich zu rühren. Die Bären lugten hinter den Bäumen hervor. In dieser Stille sagte der Fluß, daß es eine Vereinbarung geben müsse. Niemand könne einfach tun, was er gerade wolle. Man könne nicht einfach einen unberücksichtigt lassen.

Also sprachen sie mehrere Tage darüber. Die Lachse sagten, wer sie waren und woher sie kamen, und die Bären sprachen davon, was sie machten, welche Kräfte ihnen gegeben waren, und der Fluß sprach von seiner Vereinbarung mit dem Regen und dem Wind und den Krebsen und so weiter. Alle sagten, was sie brauchten und was sie geben wollten. Dann geschah etwas sehr Merkwürdiges – der Fluß sagte, daß er die Lachse liebe. Niemand hatte je zuvor so etwas gesagt. Niemand hatte sich das getraut. Es war eine Ehrlichkeit, die allen gefiel. Daraus entstand ein sehr tiefes Einvernehmen zwischen ihnen.

Sie gelangten also zu einer Einigung über ihre gegenseitigen Verpflichtungen, und jeder ging seines Weges. Sie gilt unverändert. Die Zeit hat damit nichts zu tun. Das ist keine Geschichte. Wenn der Fluß an deinen Beinen schauert, fühlst du die Gegenwart all dieser Vereinbarungen.«

Wir gingen weiter.

»Ich denke, diese Leute in Sheffield gingen einfach auseinander, aber vielleicht hatten sie nie eine Vereinbarung mit dem Fluß getroffen, und die Quotaka verabscheuten sie dafür so sehr, daß sie ihnen nach der Epidemie nie die Notwendigkeit klarmachten, und so passierte es. Eine Überschwemmung. Rasch, mitten in der Nacht, in die Häuser hinein, was weiß ich. Du kannst im Wasser hinter einem Damm den Zorn fühlen.«

Links von mir ahnte ich den mondhellen Lauf des Flusses, hörte seine gedämpfte Stimme. Wir gingen weiter die Straße hinunter, die zu dieser späten Stunde unbefahren war. Hanner blickte zur Seite in die Dunkelheit, und ich spürte plötzlich ein Insekt in meinem Ohr landen.

Morgengrauen

Aprikosen. Deshalb, weil das Wasser nach Aprikosen roch wie nur irgend etwas, ging sie zum Wasser hinunter. Sie stand im Dunkeln auf und zog etwas über und ging durch die Bäume, streifte mit den Fingern über Pflanzen, die sie kannte, aber deren Namen sie sich nie gemerkt hatte – Philadelphus, so hatte jemand einmal zu dem Falschen Jasmin gesagt, dessen Blätter sie an Seide erinnerten. *Seidenstrauch*. Rhododendron. Lederblättrig und männlich. Heidelbeeren. Kleine angststarre Blätter. Wassertropfen von einem Mitternachtsschauer auf jedem Blatt, auf dem Erdgras liegen und von ihren nackten Füßen zertreten. Nebel ins Gesicht. Weiblicher Regen. (Sturzregen hatte den ganzen Nachmittag tschuuuuuuusch auf den Fluß getrommelt, die Wellen geplättet, die Haut des Oberflächenwassers gestrafft. Männlicher Regen.)

Sie stand auf und zog etwas über und ging durch die Bäume zu den Felsen hinunter und setzte sich, zog die Knie an die Brust und sog den Metallgeruch des Wassers ein (fühlte, wie ihr Becken gegen den Felsen scheuerte, und die kühle Nässe ihrer Füße vom Tau [weiblicher Regen], und sie stellte sich vor, wie weit ihre Augen in der Dunkelheit sein mußten), ein Geruch, der sich mit dem Licht veränderte.

Um sie herum im Wasser, weil sie nicht zu sehen waren,

nichts zu befürchten hatten, männliche Gänsesäger – rote Feder, blaue Feder, gelbe Feder, braun, weiße Feder, schillernd grün – und weibliche Gänsesäger – graublau graublau graublau, graublaues Kriegerfedergraublau (einundzwanzig mit ihr, gegen den Fischadler) und ein bißchen Kastanienbraun. Schliefen. Enten schliefen. Unter ihnen schliefen Lachse. Unter ihnen wellte der Fluß, wie das Ausschütteln sonnengetrockneter Bettlaken aus einem französischen Hotelzimmer auf dem Lande.

Während sie von englischen Museen träumte (er wollte immer weiter, etwas anderes sehen), davon, wie man eine Frage stellt, glitt ein Wiesel auf den dunklen Fels, zitternd, die Nase in die Luft, den Hals steif vorgeschoben. Sie hörte das Geschirrklirren des Wassers, wie es um die Felsen floß, und ihr wurde heimelig zumute. Das Wiesel schoß zu ihr hin, blieb ruckartig stehen, sah ihre Größe vor dem Sternenhintergrund und lief weg.

Europa, dachte sie, sah die Art, wie jemand Torte aß, erinnerte sich an ihre Finger an der Marmorwade des Laokoon im Vatikan, roch Cappuccino, kam in einen fremden Takt.

Wenn sie morgens zum Fluß hinunterging, war sie nackt unter dem bedruckten Kleid, das sie einmal unterwegs gekauft hatte, irgendwohin (New Mexico: Er wußte es bestimmt noch), denn sie wollte sich bedecken, genau von diesem Kleid bedeckt sein, so locker, nur so locker übergeworfen, und mit Streublumenmuster, etwas Kleines, Blaues gegen Naturweiß. Baumwolle. Genau das. Zehn Dollar. Ja, genau das. Er konnte es nicht leiden.

Sie ging morgens durch die Bäume nach unten, berührte die Blätter von Pflanzen, deren Namen sie nicht kannte, nackt unter dem bedruckten Kleid, weiblichen Regen auf dem Nasenrücken.

138

Über ihrem Kopf (sie dachte an die mitten im Fluß an einem Felsen verharrende Gänsesägermutter, die Entenküken um sie herum, der Fischadler hoch oben im Cottonwood im Schatten verborgen), im Geäst einer Esche, zerlegte ein Bartkauz gerade ein Wiesel. Im Osten war das Schwarz tiefblau, die Farbe der Tage um den Tod ihres Vaters herum. Genau. Und wurde blauer, und das Wasser, der Fluß, wurde sichtbar und schwarz. Sie streckte ihre Beine aus, legte die Waden zusammen und drückte die Füße durch, ließ die Entfaltung dort anfangen, und mit den Händen flach auf dem Stein und zurückhängendem Kopf hob sie den Brustkorb hoch, bis ihr Rückgrat sich wie ein Bogen dehnte, erschauerte (bei dem Gedanken an den Fischadler im Schatten, wie er regungslos die an den Felsen gekauerte Gänsesägermutter mit ihren Jungen beobachtete und dabei wußte [er hatte ihr das alles später erklärt], daß er, solange sie an dem Felsen blieben, in dem Schutz, den der ihnen bot, nicht herabstoßen konnte). Und oben im Haus drehte er sich auf die andere Seite und merkte nicht, daß sie weg war.

Sie ging zum Fluß hinunter, wenn es noch dunkel war, merkte am Ruf der Drosseln, wann es hell genug war (schlug die Augen auf, eben noch in der Erinnerung bei einem Käse wie Gouda, aber mit einem anderen Namen, in einem Dorf [Lyons?], und wie er wie verlegen zur Seite geblickt hatte, als sie sagte: sinnlich, richtig sinnlich) – hell genug, um den Pfad durch die Bäume zu erkennen. Aber sie ging, wenn sie ging, immer vor Morgengrauen, bevor sie etwas erkennen konnte.

Eines Morgens kam in dem grauen Licht, zuerst noch übertönt vom Rauschen des Flusses, ein Ruderboot. Ein Mann mit Mütze ruderte. Flußabwärts, so fremd, wie sie es sich überhaupt nur vorstellen konnte. Ein anderer stand im Bug. Er hatte eine andere Mütze auf und saubere Kha-kisachen an. Sie sah das behutsame Auswerfen seiner Flug-angel in das stille Wasser hinter großen Felsen, daß Regen-bogenforellen anbissen. Er sah – genau das Wort, das sie suchte – doof aus. Aber er warf die Angel aus, um den Kö-der mal hier mal dort zu plazieren, immer wieder, während der andere Mann ruderte, jetzt das Klappern einer Dolle, und das Boot auf sie zukam, die übertriebene Sauber-keit ihrer Sachen, die Bügelfalten, der verbissene Ausdruck deutlich in ihren roten, glattrasierten Gesichtern, mit kräf-tigen Schlägen. Sie erstarrte mit einem Bleigewicht im Bauch, so schnell kamen sie über das Wasser auf sie zu – sahen sie gar nicht vor lauter Fischeködern im flachen Was-ser, fuhren vorbei, neun Meter weg. Doof. Ihr Gesicht zit-terte. Doof. Sie legte ihre Hände, ganz kalt waren sie vom Stein, auf ihr Gesicht.

Sie kam winters wie sommers, um zwischen den Felsen am Wasser zu sein, im Dunkeln zu liegen, auf das Licht zu warten, als ob sie rein dadurch wettmachen konnte, was ihr fehlte. Sie wollte daran denken, es jemandem zu erzäh-len – wie die Farben jeden Morgen hervorkamen, wie ihr *solche Schichten Stoff* gefallen würden, ein Kleid, wo der Wind Schicht für Schicht hervorblies, irgendwie. Am An-fang nur die blauschwarzen Töne, ganz kühl, bis hin zum Rot eines bestimmten Käfers, der um zehn Uhr glänzend auf ihrer Kniescheibe saß, bis zu weißen karibischen Pa-stelltönen am Mittag. Irgendwie.

Sie zog sich aus und wusch sich mit leisem Plätschern Hände und Gesicht (der Fischadler gab auf, schwang sich vom Pappelast und flog flußaufwärts, und als er weg war, führte die Gänsesägermutter die Kleinen von dem Felsen fort – einundzwanzig, sie zählte sie [er sagte nein, im Buch stand vierzehn, maximal] – über das offene Wasser in den Schutz der überhängenden Bäume am Ufer.

Hatte mehr Geduld gehabt als er, der von dem Baum auf sie herunterspähte, hatte sie alle friedlich am Felsen gehalten, ohne den Fischadler überhaupt zu erwähnen, und eine Geschichte erzählt, viele Geschichten erzählt, bis er sich flußaufwärts verzog und sie sie in den Schutz der Bäume am Ufer führen konnte) und glitt nackt ins Wasser, daß sich ihre Öffnungen vor der Kühle verschlossen, ihre Haut sich straffte. Die Strömung war zu stark, und es gab zu viele Felsen, jetzt deutlich sichtbar, grün bemoost, und Steine, an denen man sich bei der Seichte die Knie aufschürfen konnte. Sie schwamm hinter dem Felsen hervor, kam in den Sog um ihn herum und trieb flußabwärts an eine Stelle, wo sie sich an Ahornästen festhielt und sich auf den Bauch herumdrehte, gegen die Strömung. Das Wasser hob sie hoch und ließ sie, wenn sie die Beine spreizte, wieder ab. Sie schloß die Augen, das Wasser brach sich an ihrer Nase, und ging höher, an ihren Brüsten, drückte den Rükken durch, die Strömung an den Hüften, öffnete die Beine und sank ab. Sie stellte sich vor, zwischen Lachsen zu sein (brach sich an ihr, öffnete die Beine und sank ab), behutsam zwischen Lachsen zu schwimmen (hoch, sank ab), bis das Licht viel heller schien, die Vögel ruhiger, und sie die Augen offenhielt aus Angst, gesehen zu werden, wo die Ungestörtheit ihres Morgens wie eine Eierschale geplatzt war, und sie ging ans Ufer.

Sie setzte sich in dem bedruckten Kleid auf den Felsen, wo das Sonnenlicht nach der Kühle des Flusses auf ihr prickelte und sie die Bewegung der Luft über den Felsen fühlte. Sie trocknete sich mit dem Saum des Kleides die Augen ab und sah in der Haarinsel zwischen ihren Beinen – sie verging fast vor Zärtlichkeit – zwei kleine Erlenblätterstückchen hängen, hellgrün.

Klamm in dem Kleid saß sie da und fühlte sich auf eine Weise gestrafft, die ihr wohl tat. Sie dachte an ihn, wie er oben im Haus schlief, wie das Wasser (sie hatte es ihm erzählt, und er hatte gelächelt) morgens um diese Zeit nach Aprikosen roch. Genau so.

Am Oberlauf

Der Lauf des Flusses oberhalb des Wasserfalls ist weitgehend unbekannt, denn der Aufstieg ist beschwerlich, und die Straße führt nahe der Stelle vorbei und bietet einen Blick, der den meisten genügt. Das Gelände bis zur Quelle hinauf ist von Leuten vom Staat auf der Suche nach Anzeichen für Erzvorkommen und zur Vervollständigung von Landkarten abgegangen worden, aber es ist trotzdem nach wie vor unbekannt. Offenbar wurde, wenn man sich umhört oder auf einer topographischen Karte nachschaut, die Illusion genährt, es sei bestens bekannt; aber ich weiß, daß das nicht stimmt. Und ich muß mich wundern, wie wenig Sorgfalt man auf bestimmte Zusammenhänge verwandt hat. Zum Beispiel an der Quelle selbst, weiter oben als dargestellt, meditieren Raben, und in Wirklichkeit geht der Fluß aus *ihnen* hervor, denn nachts übermannt sie die Rührung, und sie weinen; das Leiden der Geschöpfe allüberall, ihr trostloses Klagen, die würgende Wut über allen Verrat – das ergreift sie und bricht aus ihnen hervor, und in diesem Weinen nimmt der Fluß Gestalt an.

Jede Geste der Güte, von der sie hören, und sei sie noch so zaghaft, läßt eine einzelne Träne entstehen, und auch sie rinnt die schwarzen Schnäbel hinunter, spritzt über kleine Steine und geht in das Rinnsal ein. Weiter unten kommt das Murmeln von Fischen hinzu, und das Gefühl kalter Stahlplatten an deinen Händen, die undurchdringliche Wand, die bestimmte tiefe Blauschattierungen bieten, der Ton eines Sprungs, der sich durch einen Teller aus englischem Porzellan frißt; dieser Ton, das Geräusch rasch eingesogenen Atems, der Geruch von Humus, ein Bild der durch den Raum rasenden Erde, das Denken obendrauf abgerissen und nur noch hinterherflatternd wie zerfetzter Stoff, der ganze Verlust, der bewußt ist, aber nicht wirklich betrifft – dies alles verschlingt sich mit den Tränen drückender Schmerzen und Augenblicken völliger Verletzlichkeit in jedem von uns, so daß daraus zuletzt sichtbares Wasser wird und weiter unten ein Bach, klar und kühl, nachmeßbar groß.

Ich habe in der Vergangenheit diese Beobachtungen schlecht ausgewählten Zuhörern vorgetragen und mußte nach der stummen Aufnahme fortgehen, einen scheelen, feindseligen Blick aus zusammengekniffenen Augen im Rücken, als ob ich plötzlich die Anwesenheit einer Kobra in einem dunklen Zimmer merkte. Aber das stört mich nicht. Die Bilder sind unwiderleglich, man braucht nur Geduld, um sie wahrzunehmen. Sie kommen so leicht zu Gesicht, wie sich ein Buch mit dem Finger haken und aus dem Regal ziehen läßt. Aber vielleicht weißt du das schon.

In den letzten Jahren habe ich viel Zeit oberhalb des Wasserfalls verbracht, an einem meines Erachtens unbekannten Abschnitt des Flusses. Es ist in mancher Hinsicht die gefährlichste Gegend, von Hoffnung durchschwungen, verführerisch in ihrer Einfachheit. Sie ist wenig besucht. Ich habe vor, mir die Dinge dort langsam und gründlich anzuschauen; jedesmal, wenn mir das erneut mißglückte, nachdem ich froher Ahnung voll auf eine scheinbare Antwort zugerannt war, habe ich mich zurückgeschleppt, mich wieder auf eine strikte und geordnete Bahn gebracht. Nach der anfänglichen, schwierigen Gesamterfassung fing ich an, kurze Abschnitte des Flusses einen nach dem andern in der – betörenden, aber schmerzhaft realen – Hoffnung auf eine umfassendere Sicht zu untersuchen. Ich hielt daher für jedes Stück Ufer fest, welche Tiere es aufsuchten, die Art und Zahl der Uferpflanzen, die Form und Beschaffenheit der Kiesel, zu welchen Zeiten der Wind ging, wie auch die kleinen und leicht übersehenen Spuren anderer Beobachtungen als meiner. Ich war bestrebt, in meinen Untersuchungen nichts auszulassen, ohne doch zu Überheblichkeit oder Anmaßung zu neigen. Auf diese Weise kam ich eines Tages an eine Biegung im Fluß, von der aus ich ein Haus erblickte, dem ich mich langsam näherte.

Es war grau gestrichen, mit dunkelblauen Fensterläden im Cape-Cod-Stil. Vier Geschosse an den Hang eines steilen Hügels geklebt, Flügelfenster mit kleinen bleiverglasten Scheiben. Eine breite Veranda, auf der die neckenden Schatten von Ästen tanzten. Meine Hand faßte den weißen Porzellantürknopf einer Glastür. Ihr Glas dämpfte das Licht, als ich sie hinter mir nach innen zuzog. Die Fußböden waren Eichenparkett, die Zimmer weitläufig und mit dicken Matten aus indonesischen Hanffasern in der Mitte, daß man wie auf Moos trat. Die Wände hatten Tapeten, die sie fern, gespenstisch, wie unter Wasser erscheinen ließen; bisweilen ließ das Licht sie stellenweise ganz wegtreten. Sie waren – eine der Sachen, die man völlig grundlos behält, womit man sich gegen all das abkapselt, was unbekannt ist – Cockerell-Marmorpapier aus England, mit anmutigen Formen und Farben zwischen Primär und Pastell, die einen ankommen wie ein vergessener Name oder der Geschmack eines Pfirsichs.

Die Einrichtung bestand aus wenigen, mit Bedacht plazierten Stücken. Ein Stuhl oder zwei, häufig allein an ein Fenster gestellt, als ob jemand hinausgeschaut hätte, gerade in ein anderes Zimmer gegangen wäre, jetzt in einer

145

Stille lauschte, die an Canyons denken ließ oder an Reue. Das Bett einer Frau, ein Messinggestell mit einer Tagesdecke aus weicher Chenille, weiß wie sonnengebleichte Meeresmuscheln, auf das in irgendeiner Weise immer Licht fiel und auf dem sie und ich, Vertrauen fassend, am Nachmittag liegen und einschlafen würden.

In einem oder zweien der Zimmer standen Tische, wie einer sie sich wünscht, der allein sitzen und einen Brief schreiben möchte. Ich würde dasitzen und durch die Bäume den Fluß fließen sehen, die Hände auf dem Tisch gefaltet oder offen im Schoß, mit einem Blick (sagt sie) des Erschreckens und Gewährenlassens.

Wir würden tanzen. Wir zögen unsere Schuhe aus, und nur mit dem leisen Zirpen der Haut am Eichenboden tanzten wir zu einer inneren Musik, bis wir zu uns gebracht würden von einer Windbewegung durchs Haus, einem anderen Rhythmus in unserer Ekstase: Lieder aus der Erinnerung an festliche Frühlinge auf dem nahen Land, wo die Eichen einst wuchsen, unbeirrt, den Spatzen zur Herberge, stiegen jetzt aus dem Fußboden empor wie neu angestimmt. In solchen Augenblicken der Verletzlichkeit würden wir nicht sprechen und uns kaum bewegen. Haarsträhnen von ihr an meiner Wange klebend, das Geräusch unseres Atmens. Aus Achtung vor dem Fußboden.

Die Bäume vorm Haus bewegten sich kaum, Gedankenströme sub rosa von Blatt zu Blatt.

In einem Zimmer, das ich einen Herbst zum erstenmal betrat, fand ich ein Buch. Es lag aufgeschlagen auf dem Fensterbrett, als wollte jemand zu ihm zurückkehren. Es war in einer mir unbekannten Sprache gedruckt, die ich dennoch las, Seite für Seite, als ahnte ich allein in der Form der Wörter und Sätze und dem Duktus der Kapiteleinschnitte die Verheißung einer unmittelbar bevorstehenden Offenbarung. Keine kam, und ich gab dieses Unternehmen auf.

Wir tanzten, meistens. Und am Abend würde ich Geschichten erzählen. Wie wir einander begehrten, wurde zu Tanz und Geschichten, und die Leidenschaft nahm uns genauso tief hin, daß uns nichts blieb, als uns zu halten und zu bergen.

Ich erinnere mich nicht, in jener Zeit jemals fort gewesen zu sein, obwohl ich weiß, daß ich es war. Selbst jetzt in meiner Erinnerung daran weiß ich nicht, wo ich bin. Ich weiß, daß ich mich immer noch zuweilen am Oberlauf des Flusses aufhalte und daß jene Beziehungen, die ich für gültig halte, wie die zwischen dem Schmerz und der Geburt von Flüssen, fortbestehen.

Weiter oben am Fluß geschieht die Entfaltung anderer Beziehungen, dazu der Verlust jeder Verheißung. Ich bin zu der Ansicht gelangt, daß dies der Grund ist, weshalb niemand so weit hinaufgeht, obwohl die Verheißung sich auf ihre Art erfüllt. Was schrecklich ist, ist der Heimweg.

Die Dürre

Ich wachte eines Nachts auf und meinte, Regen zu hören – es waren trockene Tannennadeln, die aufs Dach
fielen. Männer mit einem unerträglichen Mitleidsgebaren
sind aufgetaucht, wie vom Geruch des Todes angezogen,
leger gekleidet, eine aalglatte Sprache führend, durch und
durch böse. Sie haben sich nach der Verkäuflichkeit unserer Häuser erkundigt. Und Reporter kommen und gehen
und sind empört, weil die Bachforellen weg sind, die es hier
überhaupt nicht gibt. Der Fluß liegt sterbend im Wald wie
ein großer Wal.

In den Jahren, seit wir hier wohnen, habe ich mich darin
geübt, dem Fluß zu lauschen, nicht in dem Glauben, ich
könnte verstehen, was er sagt, sondern nur, um von einem
Tag zum andern sein Schicksal zu erfahren. Die Sprache
des Flusses ergab sich hauptsächlich aus zwei Umständen:
Die kleinste Veränderung seiner Tiefe brachte ihn mit
einem andern Teil der Steine an seinen Ufern und der Felsen und Findlinge in seinem Lauf in Berührung und veränderte so seinen Ton; und obwohl seine Bewegung um
irgendeinen Fixpunkt herum zu jedem beliebigen Zeitpunkt gleich erscheinen mag, ist sie in Wirklichkeit verän-
derlich. Zu diesen größeren Variationen kommen hinzu die
Anflüge unzähliger Insekten auf seine Oberfläche, das Zer-
teilen seines Wassers durch Fische, das Hineinfallen von

Blättern und Zweigen, das Patschen von Waschbären, die Tritte von Hirschen; letztlich sind sie nur Randbemerkungen zu dem endlosen Lesen der Erdoberfläche im Fließen des Flusses darüberhin.

Auf diese Weise erfuhr ich von der kommenden Dürre, bevor sonst jemand davon wußte. Mit jedem Tag, den der Fluß wieder eine unmerkliche Idee fiel, veränderte sich sein Lied, kamen Töne, die mir unbekannt waren. Ich sagte niemandem etwas davon, aber jeden Morgen, wenn ich aufwachte, ging ich unverzüglich zum Flußufer und lauschte. Es war, als könnte ich das Geräusch hören, das der Regen in einer Gegend macht, wo er lange nicht mehr hinkommen wird.

Mit dem Fallen des Wassers trat jedoch nichts Unerwartetes zutage, obwohl das Gefühl, an Stellen zu stehen, die einst unter dem Tosen der Flußströmung begraben gewesen waren, beängstigend war. Ich fand nur einen künstlichen Gegenstand, ein Rad, wie sie hinten an Kinderdreirädern dran sind. Aber ich schaute nicht so genau hin wie die andern. Das Dahinklagen des Flusses über seine letzten Steine war schwer zu ertragen, und doch zog es mich gerade seinetwegen täglich dorthin, so wie man die unheilbar Kranken im Krankenhaus besucht. In den wenigen Stunden jeden Morgen fing ich mit bloßer Hand gestrandete Fische in flachen Gumpen und setzte sie dorthin um, wo der Fluß noch lief. Das Ausbleichen von einst grün unter Wasser wedelnden Algen; einst kühle Flußsteine jetzt heiß an der Hand und trocken; Spinnweben gespannt, wo Lachseier gewesen waren; Schlangen, wo Forellen gewesen waren – es war, als ob der Fluß aufgegeben worden wäre.

Während jener Sommertage zog ich mich, ergriffen vom Tod des Flusses und erbost über den respektlosen Humor von Wetteransagern in fernen Städten, in einen Zustand

der Isolation zurück. Ich fastete und enthielt mich so weitgehend des Wassers, wie ich es für angemessen hielt. Das
waren natürlich nur Gesten, aber schon als Junge wußte
ich, daß eine Geste Leben oder Tod bedeuten kann, und ich
glaubte, das Universum hinge ähnlich zusammen.

Von diesem Punkt an störte mich das Lied, das aus
dem Fluß kam, nicht mehr so sehr. Ich setzte mich aus der
knallenden Sonne zwischen dunkle Felsen, die von den
überhängenden Ästen von Erlen am Ufer Schatten bekamen. Ihre von der Brise bewegten trockenen Blätter fielen
spröde und blaß um mich herum zu Boden. Ich schlief jetzt
regelmäßig am Ufer. Abends sprach ich ganz einfache Ge-
bete, nur ein Ausdruck der Kameradschaft, und streckte
dabei meine Finger zag in die Dunkelheit dem Anfangs-
grund der Erdrosselung des Flusses entgegen. Ich bat um
nichts. Es lag eine Kraft im Sterben, und es sollte mit
Würde geschehen. Ich machte nur eine Geste am Ufer, ein
Stäubchen in der jähen, brutalen Trockenheit des Tales an
einem sterbenden Fluß.

In Augenblicken großer Niedergeschlagenheit, eines un-
auslotbaren Erbarmens in mir, vollführte ich die gequälten
und zögernden Bewegungen eines Tanzes, wie ein langbei-
niger Vogel. Ich wollte dem Fluß Mut machen.

So viel Tod. Eine Strumpfbandnatter steif wie ein Stock in
den Felsen. Bäume (junge, zu junge), die in der Nacht
schrien, erschauerten, alle Blätter abwarfen. Weiter weg vom
Fluß tote Vögel im Gebüsch, tote Tiere auf dem Pfad, die
Hände in Gesten des Nichtverstehens und Flehens erstarrt;
die Farbe aus den Augen jedes Wesens gewichen, das man
traf, dem man aus dem Weg trat, aus Achtung, um es pas-
sieren zu lassen.

Wo noch ein Rinnsal rieselte, herrschte eine Atmosphäre
des Waffenstillstands, gefährlicher, als man sich vorstellen
kann. Indem Hirsch und Coyote aus ein und derselben win-

zigen Lache nippten, hoben sie ihre Vereinbarung auf, und der Hirsch dachte an den Verlust des Coyoten wie an den eines Freundes; denn Feind wie Freund machen dich stark. Ich achtete auf solche Augenblicke, denn sie waren Wahrzeichen, aber ich nahm sie mit Vorsicht wie jede Todeslektion, die man lernt.

Eines mondhellen Abends träumte ich von einem bestimmten Fisch. Der Fisch war graugrün vor lichtfarbenen Steinen auf dem Grund eines tiefen Beckens, atmete in langsamen, ruhigen Zügen, der größte Fisch, den ich mir je im Fluß vorgestellt hatte. Das Funkeln des Wassers um ihn herum und das Geräusch seines Dahinstürzens über das Bachbett machten mich schwach, und plötzlich wachte ich mit einem Schock auf. Ich kannte den Fisch. Ich kannte die Stelle. Ich ging sofort los.

Das trockene Flußbett war nur noch ein Haufen klakkender Steine, die von meinen Füßen wegsprangen, während ich hundemüde dahinging und mich entwaffnet fühlte: vom Hunger, von der Düsterkeit der Nacht und von der unwiderleglichen Weisheit und völligen Unsinnigkeit dessen, was ich da tat. Je näher ich der Mündung des Baches kam, um so größer wirkten die Fische, und ich fühlte – als ob meine Hände sich nach einem Stück Stoff ausstreckten, das in der Dunkelheit flatterte – die Hoffnung und die Vergeblichkeit, die in solchen Handlungen lagen.

Ich fand die Stelle, wo der Bach zustieß, und ging ihn hinauf. Ich hatte den Fisch einmal in einem tiefen Becken unterhalb einer Stromschnelle gesehen, wo er sich zu üppig ernährt hatte und zu groß geworden war, um zu entkommen. Ein Strom Nachtluft kam das Bachbett hinunter und raschelte im trockenen Laub. Im fahlen Mondlicht ließen sich plötzlich tausend Harlekin-Bockkäfer auf meiner Kleidung nieder, und ich merkte, wie dicht ich davorstand, den Glauben zu verlieren, wütend zu werden, alle meine Überzeugungen wie eine Handvoll Steine ins Gebüsch zu schleudern.

Die Käfer klammerten sich an den Stoff, krabbelten mir durchs Haar, krochen mir beim Gehen in die offenen Hände und waren genauso plötzlich wieder fort, und ich stand in vertrauter Umgebung, vor mir der Fisch. Die Stromschnelle war fort. Das Becken war ein Loch geworden. In seiner tiefsten Mulde lag der riesige Fisch bewegungslos bis auf das schwache Heben eines Kiemendeckels. Ich stieg zu ihm hinunter und schlug ihn in mein Hemd ein, das ich im Becken getränkt hatte. Ich hatte, glaube ich, einen Kampf erwartet, in jenem Loch von dem Fisch geschlagen zu werden, der jetzt in meinen Armen lag wie eine kalte Lunge.

Ich kletterte hinaus und ging zum Fluß, nicht ohne überall, wo es ging, seinen Kopf in irgendein jämmerliches Wasserloch zu tauchen, und setzte ihn ohne jede Zeremonie im letzten rieselnden Wasser aus.

Ich wußte, wie schon im Traum, um die Gefahr, in der ich mich befand, aber ich wußte auch, daß ohne einen solchen Akt der Vermessenheit jeder Akt der Bescheidenheit sinnlos war.

Mittlerweile war der Fluß nur mehr ein Flüstern. Ich stand an dem verlorenen Rand und sprach dem zu, was jenseits des Flusses lag und was jetzt wirklicher erschien als der Fluß selbst. Mit nicht mehr Kraft, als in einem Bündel Reiser ist, versuchte ich zu tanzen, den Tanz der langbeinigen Vögel, die am flachen Wasser leben, zu tanzen. Ich tanzte ihn, weil ich auf nichts Schöneres kommen konnte.

Die Wende kam in den ersten Tagen des Winters. Der Luchs kam aus dem Norden herunter zum Fluß, oder was davon übrig war. Der Hirsch war bei ihm. Und aus einer andern Richtung der Waschbär und das Stachelschwein.

Und vom Unterlauf das Wiesel und die Weißfußmaus und von oben der Graureiher und der Hühnerhabicht. Der Dachs kam mit dem Maulwurf aus der Erde. Sie standen in starrendem Stillschweigen in meiner Nähe, und ich traute mich nicht, mich zu rühren. Schließlich sprach der Graureiher: »Wir waren die ersten hier. Wir haben alle Arten zu leben vergeben. Niemand weiß mehr, wie man lebt, deshalb trocknet der Fluß aus. Bevor wir um Regen bitten konnten, mußte jemand kommen und etwas völlig Selbstloses tun, ohne Hoffnung auf Erfolg. Du bist den Fisch holen gegangen, und dann am Ende hast du versucht zu tanzen. Man darf keine Angst haben, etwas Unsinniges zu tun. Denn alles, jede Geste, ist heilig.

Jetzt stehe auf und lerne diesen Tanz. Es wird regnen.«

Wir tanzten zusammen dort am Ufer. Und die Lieder, zu denen wir tanzten, waren die Flußlieder, an die ich mich aus alter Zeit erinnerte. Wir tanzten, bis ich die Worte nicht mehr verstand, nur mehr die Töne, und die Töne waren unverwechselbar das Geräusch, das der Regen macht, wenn er sich anschickt, in eine Gegend zu kommen.

Ich erwachte eines Morgens im grellen Licht, verzog mich unter die Bäume und schlief wieder ein. Ich erwachte später davon, daß Tannennadeln auf meine Wangen fielen, wie ich meinte, aber es waren Regentropfen.

Es regnete wochenlang. Nicht stark, aber stetig. Der Fluß kam einfach zurück. Es gab keine Überschwemmungen. Die Leute sagten, es sei ein Segen. Sie fanden reichlich Erklärungen. Schultern wurden geklopft, manch Ansehen verloren und gewonnen, die Samen künftigen Streits und Verrats gesät, Wunden erlitten und geschlagen, Stolz gezeigt. Es war nicht anders als bei andern Geburten, bis auf das Fehlen von Freude, und deswegen merkwürdiger als alles, was man sich vorstellen kann, unmenschlich und anmaßend. Aber die Menschen machen weiter wie gewohnt, und mit gutem Grund; und die Härte für einige ist schier unauslotbar und heischt daher Vergebung. Jeder muß allein und zu seiner Zeit sterben lernen, das Lied, den Tanz.

Der Fluß ist wieder da und schmiegt sich zwischen seine Ufer. Wenn du deine Hände in den Fluß hältst, fühlst du die Bänder, die die Erde zu einem Ganzen zusammenschließen. Sein Ton von fern erinnert an Wildpferde in einem Canyon, die sicheren Tritts vor dem schwach vom Wind herangetragenen Geruch eines Pumas enteilen.

James Hamilton-Paterson

»Seit Melville und Conrad hat das Meer keinen berufeneren Fürsprecher gefunden.« *Rheinischer Merkur*

Drei Meilen tief
btb 72575

»Hamilton-Paterson gelingt ein in der Gegenwartsliteratur einmaliges Kunststück: Je weiter er in die Tiefsee vordringt, desto freier und unabhängiger wird der Bilder- und Gedankenreichtum seiner Prosa.« *Hannes Hintermeier*

Seestücke
Das Meer und seine Ufer
btb 72157

Wasserspiele
btb 72298